ひとが詩人になるとき

平川克美

ミツイパブリッシング

まえがきにかえて

本書は、これまで私が書いてきた詩に関するエッセイ『言葉が鍛えられる場所』（2016年）、『見えないものとの対話』（2020年、いずれも大和書房）に続く詩論三部作の最後の作品です。これまでは、主に自分の体験と詩作品がどのように交錯してきたのかについて書いてきました。謂《い》わば私小説ならぬ、私批評というわけです。

おかげさまで、前二作は私が考えていた以上に、読者の皆さんに好意的に受け取っていただけました。詩作品に焦点を絞った前二作と比べると、今回の本は、詩人そのものに焦点を合わせて綴った極私的詩人論と言うべきものになっています。私がこれまでの人生で、大きな影響を受けてきた詩人の生き方を参照しながら、ひとりの詩人が誕生してくる秘密に触れてみたいと思ったのです。

これまでと同様、本書は、学術的な新解釈を提示したり、批評に新たな見解を付け加えるというものではなく、極めて個人的な体験を通して、私がどのようにして本書に登場する詩人たちと出会ったのかについて綴ったものです。私が、どのような気持ちを抱きながら詩を読んできたのか、どのような時代背景の中で詩人と出会ってきたのかについて書いてみたかったのです。もちろん、そのようなものを読者が読みたいと思うのかは別の問題です。

なぜ、私がこのようなものを書いたのかについて、まずは自己紹介も兼ねてご紹介しておきたいと思います。

現在の私は、自分が作った隣町珈琲《となりまちカフェ》という喫茶店の店主をしながら、物書きを仕事にしています。私が初めて発刊した本は『反戦略的ビジネスのすすめ』（洋泉社、2004年）というものです。このとき私はすでに54歳になっていました。物書きのデビューとしては遅すぎる出発でした。それ以前の四半世紀、私は自分が起業した会社の社長として経営と営業に専念する日々を送っていました。シリコンバレーに会社を作ったり、秋葉原でリナックスカフェというコミュニティ・ビジネスを始めたり、大きな会社のコンサルタントをしたりする激動の日々でしたが、ひとりの編集者が、私が社員向けに書いてきたエッセイに目を留めてくれたのがきっかけになって上記の本として結実しました。タイトルから想像できるように、同書はビジネス書に分類されるものでしたが、私はビジネス書など読んだこともないし、読みたいとも思っていませんでした。同書を市井の哲学論や文学論として位置づけるつもりで書き始めたのです。そうした願いも込めて、各章の扉のエピグラフには、黒田三郎や三木卓の詩や、村上春樹やシェイクスピアの小説、そしてモーリス・メルロ＝ポンティの言葉を配しています。

同書は初めての作品としては、望外の好評を得て、売れ行きも大変好評でした。それもあって、以後いくつかの出版社から単行本執筆のオファーを頂きました。いずれも、経済書、ビジネス書といった体裁のもので、私の当初の目論見とは違って、独特な切り口の経済書やビジネス書の作者として認知されるようになったのです。私は、今でもビジネス書や、社会評論の依頼を受けて、何冊もの本を出しています。それはそれで、興味深い仕事なのですが、心のどこかで、本当に書きたいものはもっと別のものなのにという気持ちがあったのも事実です。

「言葉が鍛えられる場所」のシリーズ三部作は、私が初めて、自由に、思う存分書かせてもらえるフィールドで、自分が書いてみたいことを書いた作品だと言えると思います。そして、何よりも楽しかったのは、私が大好きな詩人たちと、その作品にどっぷりと浸る経験ができたことです。これまで、単著・共著を合わせて何十冊もの本を出してきたのですが、本書のシリーズはそれらの本とは趣が異なっており、読者層も少し違うように感じています。多くの若者たちが、本書を読んで、なんだ、詩はこんなふうに読めばいいのか、こんなものなら俺にも書けるぞと思ってもらえたら、こんなに嬉しいことはありません。詩は、感受性豊かで、尊大で、自分の才能にふるえている若者たちに贈られた、形のない最高の贈り物だと思います。もちろん、私のような年寄りにもね。

目次

第1章

堀川正美

新鮮で苦しみおおい日々

詩とは何であり、何でないのか

私にとって、最も大切な話し相手だったコラムニストの小田嶋隆が、その病の床で、語ったこと。その言葉は私には、意外なものでした。彼とは10年間にわたって、100回以上、対談してきましたが、正面切って詩について話をしたことはなかったからです。

「詩ってね、理想なんですよ。何々は詩ではないってのを10も20も並べられるんですよ。俳句は詩じゃないとか、短歌は詩じゃないとか、評論は詩じゃないとか。だけど、○○は詩であるということを断言するのは、どんな文芸ジャンルについて言っても、難しいというか、不可能かもしれないです。だから俺は、詩というのは日本語の致命的なところの、喉首を押さえているような文芸じゃないかと思うんですよね」

これが、友人の内田樹《たつる》と一緒に、小田嶋隆の最後の病床を見舞ったときの言葉です。ちょっとわかりにくい言い方です。そこに論理の飛躍があるからです。「だから〜」と続く「日本語の致命的なところの、喉首を押さえているような文芸」とは、具体的にどのようなものなのかについて語ることなく、畏友小田嶋隆は逝ってしまいました。

あの日以来、私は自分より年若いこの英俊なコラムニストの言葉を自分に対する宿題として、考え続けています。マンションの宣伝パンフレットや、スポーツを讃える言葉、あるいは災害の報告書にまで弥漫《びまん》した「詩のようなストックフレーズ」を彼は、「ポエム」と言って嘲笑し、散々に批判してきました。その彼が、最後になった会話の中で、詩について語ったのです。ただ、詩とは何であるのかという問いの答えはそう簡単に見つかるわけではありません。形式、内容、韻律など、さまざまなアプローチはあるにせよ、詩と詩でないものの分水線を確定することなど、とてもできそうにありません。

詩人が詩を書くのではない。詩を書くことでひとは詩人になる。彼もしくは彼女はなぜ、詩を書くようになったのか。それなら、私にも答えられそうな気がします。

本書では、私が若いときから何度も読み返してきた作品と、その作者についての考察を中心にして、なぜ彼／彼女は詩人になったのかという謎に迫っていきたいと思います。もちろん、そこに明確な答えがあるわけではありませんが、何が詩人たちを詩に駆り立てていったのかを辿ってみたいのです。

私が、最初に思い浮かべたのは、宮沢賢治でも北原白秋でもなく、戦後の復興期、経済成長期を生きたひとりの寡作な詩人のことでした。

まずはこの詩を読んでみてください。

新鮮で苦しみおおい日々

時代は感受性に運命をもたらす。
むきだしの純粋さがふたつに裂けてゆくとき
腕のながさよりもとおくから運命は
芯を一撃して決意をうながす。　けれども
自分をつかいはたせるとき何がのこるだろう?

恐怖と愛はひとつのもの
だれがまいにちまいにちそれにむきあえるだろう。
精神と情事ははなればなれになる。
タブロオのなかに青空はひろがり
ガス・レンジにおかれた小鍋はぬれてつめたい。

時の締切まぎわでさえ
自分にであえるのはしあわせなやつだ
さけべ、　沈黙せよ。　幽霊、　おれの幽霊

してきたこととの総和がおそいかかるとき
おまえもすこしぐらいは出血するか？

ちからをふるいおこしてエゴをささえ
おとろえてゆくことにあらがい
生きものの感受性をふかめてゆき
ぬれしぶく残酷と悲哀をみたすしかない。
だがどんな海へむかっているのか。

きりくちはかがやく、猥褻という言葉のすべすべの斜面で。
円熟する、自分の歳月をガラスのようにくだいて
わずかずつ円熟のへりを嚙み切ってゆく。
死と冒険がまじりあって噴きこぼれるとき
かたくなな出発と帰還のちいさな天秤はしずまる。

──『太平洋 詩集1950－1962』所収

一体、この作品は私たちに何を告げようとしているのでしょうか。
最初に一読したとき（大学生だった頃です）、私はこの詩が何を言いたいのかほとんど

何もわかりませんでした。この詩のひとつひとつの言葉はわかるのですが、それが私の中で、具体的でわかりやすい「意味」へと着地することができない。そんな印象でした。そして、それにもかかわらず、私は、落雷にあったような衝撃を受けました。「ちからをふるいおこしてエゴをささえ／おとろえてゆくことにあらがい／生きものの感受性をふかめてゆき／ぬれしぶく残酷と悲哀をみたす」。この部分が、事あるごとに私の頭の中に浮かんでくるのです。

言葉の意味を理解したり、具体的な情景を思い浮かべる以前に、言葉の大きな圧が直接的に私にのしかかってくるといった印象でした。そのような表現を、前意味的な表現と言ってもよいと思います。意味が生まれてくる直前の、情感が渦巻いている状態の言葉と言ってもよいでしょうか。

「自分の詩」と感じる詩

私はこう思ったのです。「これは、俺が求めていた詩だ」。いや、「これこそが詩だ」。読めば読むほど、私は自分の中に着地できずに浮遊する言葉の中に迷い込み、その度にこの詩に惹かれていきました。

意味はまるでわからないのに、そこに書かれた言葉に惹かれるなんていうことがあるのでしょうか。

おそらく、そのときの私は、ひと繋がりの言葉から噴き出してくる瘴気《しょうき》のような圧倒的な力を感じていたのだと思います。それは特別に新鮮な感覚でした。言葉そのものが持つ力が、意味というフィルターを通さずに、直接に私の身体へ届けられたのです。

ひとつひとつの言葉を見れば、わからないものはひとつもありません。平易な言葉の連なりがあるだけです。しかし、一方で、この詩は具体的な情景や出来事について「わかる」描写はなにひとつない。詩の中の言葉のひとつひとつが、作者である堀川正美という詩人の悩みや心持ち、あるいは社会についての問題意識や思い、ましてや告発といったものに具体的な形を与えていかないのです。詩の言葉が、具体的な事象に還元してゆくことをむしろ拒んでいるかのようでした。

詩と散文と意味

現代詩とは、わかりにくい、何を言っているのかわからないからと敬遠されがちな文芸です。その詩の中でも難解な詩とされるものは、理解不能だとお手上げされることが多い。

では、「わかりやすい詩」というのがよいのかというと、私はそれには疑問を抱いています。「わかりやすい詩」は要注意だとすら思っています。

詩とは違う文芸のジャンルに小説やエッセイといった散文があります。小説やエッセイは、原稿用紙30枚くらいから200枚、500枚といった分量の言葉の連なりの中で、情景を描き、心情を描き、または論を立てていく。読者はストーリーを追いながら読んでいきます。この前提にあるのは、意味が理解されることです。この場合、読者に伝えられる内容が主で、言葉はそのための道具のようなものです。

たとえば、主人公に起こること、その背景が描き出される場面を見てみましょう。「その日の朝食はアジの開きだった。別皿には目玉焼きと焼き海苔。炊き立てのご飯と温かいお味噌汁がお膳に並んでいた」とか、「坂道を歩いている途中にふと空を見上げると、秋の気配を帯びた真っ青な空に綿菓子のような雲がふわりと浮かんでいた」というような表現は、主人公のいる時空間を映画のワンシーンのように描き出し、読者がこの物語の世界の中に入ってゆくための仕掛けになっています。散文には読者が、場面を共有しやすいように、緻密な描写をする必要があります。

わかりやすい詩とは、そうしたくっきりとした情景を散文とまでは行かなくても、なんとなく思い浮かばせながら、小説やエッセイで伝えたいことを短く凝縮して書いたものだと思う読者もいるかもしれません。

つまり、小説やエッセイを、行分けし、短くして、親しみやすくしたものが詩であると。もちろん、何に詩を感じ、何を詩と思うかは読者の自由です。

しかし、詩とはそういうものではない、と堀川のこの詩は言っているように私には思えたのです。

意味から自由になった言葉の連なり

説明のために、または理解してもらうために言葉を連ね、詩を書いているわけではないということかもしれません。では、何のために詩を書くのかと問われれば、言葉によって情景を思い浮かばせ、意味を付随させるのではなく、ただ音符を連ねてメロディを作るように、言葉を連ねて詩にしたのだ、堀川はこの詩でそんなふうに答えているような気がします。彼は、意味から自由になった言葉が立ち上がってくる光景を、詩という形式を使って作り出そうとしているかのようです。

音楽という表現について考えてみましょう。はたして、音符に意味があるでしょうか。ひとつひとつの音符自体には、意味はないと誰もが思うはずです。しかし、音符と音符が並んでメロディとなったとき、音楽が意味を超えて聴く人々の身体を揺さぶり、聴く者の心に沁《し》み入っていく。私たちが、通常、言語を使って他者に何かを伝えるのとは別の仕方で、作曲家は何かを伝えています。そして、それは、言葉で伝えることよりもずっと本質的なものであり、言葉では伝えることができないものです。つまり、コミュニケーションの前提となる具体的な意味という媒介なしに、音楽は何かを伝えてくる。

もちろん、ベートーヴェンの「田園」を聴けば、たしかにヨーロッパの田園風景が脳裏に浮かぶかもしれません。しかし、それはあくまで二次的に湧くイメージであり、音楽において基本的には、作曲者と聴く者の間に「意味」は介在しないのです。介在しないということは、音符を意味に置き換えるという瞬間的なプロセスさえ不要だということです。

音は直接的に聴く者の身体に染み込んできます。まさに、前意味的に私たちはその音を聴いているわけです。

詩もまた、堀川の詩のように、意味を追求したくなる人間の病から逃れ、言葉と意味という宿命的な結びつきから自由になって、音楽のように直接的に、読者の身体へと染み込んでくるものでした。

今、私は自伝的な小説を書いています。生まれて初めて発表する作品です。『マル』と題した、10万字ほどの長さのある小説を書いているうちに、私は何度か、堀川正美の「新鮮で苦しみおおい日々」の世界に接近してゆく自分を感じていました。小説の中には、夭折した者、うまく人生を渡ってゆけなかった者、そして、若年のときに出会った人々が半世紀の後に再び出会い、凄まじい老いの風圧にさらされながら、生き延びてきたことなどが描かれていますが、そうした人間のありようを小説という形式ではなく、詩で表現すれば、おそらくはこの堀川正美の作品の言葉になっていくに違いないと思ったのです。

私は10万字も費やして、そのこと、つまりは私たちが体験してきた現実的なものと、私たちが手を触れたり、ましてや制御したりなどはできない時間という超越的なものと、現実的で卑小な私たち自身の関係について書こうとしたのです。堀川正美の詩は、その現実的なものと超越的なもののあわいに生まれた言葉なのではないのか、そう思うようになりました。

学生運動の時代

私はこの詩を、自分の詩であると感じたと同時に「この時代を生きる〝私たち〟そのものだ」と思って読みました。あの時代の「私たち」が生きてきた目まぐるしく変化してゆく季節。個と個の強い連帯と、それとは裏腹の深い孤立。それは、私個人のものであると同時に、あの時代を生きてきた多くの青年たちによって共有されていた感覚です。一人称単数形の言葉ではなく、一人称複数形、つまり「私たち」の言葉を読み取ることができる気がしたのです。あの時代とは、1950年生まれの私が大学に入った頃。つまり、1960年代後半から急激に高まった学生運動の時代です。

私がこの詩と出会ったのは1970年頃のことですが、全国の大学では、学生たちによる活発な政治闘争が繰り広げられていました。共産党や、以前の全学連（全日本学生自治会総連合）とは違って、全国全共闘運動と呼ばれる運動は、それ以前の学生運動とは違った色合いを持っていました。

共産主義者同盟（ブント）や革命的共産主義者同盟、社会主義学生同盟といった新左翼各派が党派を超えて共闘し、ノンセクトと呼ばれる学生たちも巻き込みながら、日本全国に拡大していきました。全共闘の学生たちは黒いヘルメットをかぶり、手拭いで口元を覆い、街頭で機動隊とせめぎ合い、ときには大学を占拠しました。私もその渦中にいた運動ですが、これが過去の政治運動と違っていたのは、そこに「自己否定」という極めて個人的な動機があったことです。角材、鉄パイプ、火炎瓶などで武装し、政府の暴力装置である機動隊に対抗して、日本帝国主義を打倒するという幻想を抱いていた一方で、資本主義の先兵となって労働者を抑圧するプチブル知識人予備軍としての自分を否定するというわけですね。今日ではよくわからなくなってしまったこうした心情は、当時の学生運動家にとってはかなり切実なものがありました。私たちはどこまで「自己批判」することができるのか。それは徹底した「自己否定」にまで行き着いてしまうのか。そして、生きることに必死な生活者を尻目に、そんなことを考えていることすら、自己欺瞞ではないのか。

ちからをふるいおこしてエゴをささえ
おとろえてゆくことにあらがい
生きものの感受性をふかめてゆき
ぬれしぶく残酷と悲哀をみたすしかない。
だがどんな海へむかっているのか。

多くの学生は「新鮮で苦しみおおい日々」のこの部分を、自らに重ねるように読んだのではないかと思います。

緊迫した状況の中で、若者たちは、自分の上昇志向と自分が目指す公正な社会との間で引き裂かれていました。時代に反旗を翻す自己と、時代に加担するエリート予備軍としての自己という自己矛盾の中で、日々己の生き方を激しく問い詰められるという経験をしていたのです。そして彼らは、まさに自分たちのその逼迫した心情を言い表した詩として、堀川の「新鮮で苦しみおおい日々」を読んだのだと思います。

堀川の詩は時代に呼応し、時代の鏡のように青年たちに受け入れられ、ひとつの時代のアイコンのようになったと言えるかもしれません。

堀川の詩作

実際には堀川のこの作品は、あの学生運動の時代に書かれたものではありませんでした。堀川は『太平洋　詩集1950－1962』を、表題にあるように1950年から1962年にかけて書きため、1964年に発表しました。書き始めたのは戦争から5年後。それは終戦の焼け跡から人々が必死に這《は》い出した復興期であり、学生運動以前の時代でした。当時、堀川が日米の関係や安保条約、または資本主義と社会主義の相克や、社会の不安を表現するためにこの詩を書いたわけではありません。あるいは、全く個人的な嗜好や、職人的な関心がこの詩を書かせたと言えなくもないのです。

そうであるにもかかわらず、この詩は、同時代、後続時代の人々に強く支持され、人々の心を捉えました。学生運動に身を投じた者たちだけでなく、当時、詩人として歩み始め、その後モダニズム詩の先駆者となる吉増剛造《よしますごうぞう》も、行き詰まったときにこの詩を何度も読み返したと言っています。

なぜこれほどまでに、この詩が若者の心を捉えたのか。

詩というものは、およそ作者である詩人が作るものであるが、稀に読者により作られるものであるということもあります。もちろん、そうした詩は、そうそう見つけることができるものではありません。堀川正美は、作者と読者が共犯関係になってしまうような詩を書いた稀有な詩人でした。どれほど、全共闘運動の学生に支持されようとも、堀川は政治や革命といったことを、詩によって表現しようとしたわけではありませんでした。

このことは、たとえば同時代の、知識人の代表であった谷川雁《たにがわがん》という詩人による作品とは対照的です。谷川は、サークル運動を主導し、「東京へゆくな、ふるさとを創れ」と詩の中で訴えかけ、「イメージから先に変われ」と呼びかけました。

一方、工場労働者として働き、郷土の農民運動に参加した土着の詩人黒田喜夫《くろだきお》（第5章参照）は、社会主義革命を希求しながら、理想と現実の間で引き裂かれてゆく自分自身のことを『列島』という雑誌に書きました。『列島』は後に『新日本文学』を生み、社会主義を謳《うた》う文芸誌へと移行します。

これらの文芸のありかたはつまり、社会というものが先にあり、その社会を変える手段として詩や小説というものを用いるという方法です。

しかし、堀川はそうした手法を否定します。

『現代詩手帖』1966年3月号に掲載された渡辺武信によるインタビューにおいて、堀川は「現代詩の問題点と方向」というテーマで次のように語っています。

> ……（サークル詩の問題は、という意味だと解している）天下国家を論じる精神でそのまま詩を書いて、同じサイクルで詩を動かそうとするでしょう。僕はやり方がこ

れでは本当に逆だと思うんです。なにか変てこな小さなものに惹きつけられて深入りして、その深入りするうちに自分のヴィジョンも突き入れられ、またそこで次第に世界観も出来上がるという、そういうのが本当だと思うな。ダーウィンが初めは単に自然科学を信じてる青年なのに、ビーグル号で初めて南米へ行って動物たちを見たり化石動物を発掘したりしながら段々と生物進化の思想を抱きはじめるのは、芸術の場合でも一つの過程ですよ。見ることと作ることは弁証法的発展があるから、それなのに最初から自然科学みたいにサイクルを大きくして今あるものを批判するのは間違ってると思う。

ぼくが実際詩を書いていて、そのときどんなことが詩作中に起こるかっていうと、言葉なんてものはべつに信用していないんですよ。ぼくはそう言っちゃ悪いが言語の実体について考えたことなんか、実は一度もないね。紙の上に書く言葉とこっちの意識の往復運動がだんだん早く（ママ）なって、ぎりぎりしてきて、言葉は次々に集まってくる、ぼくのイミジャリィの運動が進む、それをドライブしてゆくというゲームがつまり詩を書くということなんですよ。言葉は材料にすぎないんだ。

……衣食が足りるとすぐ社会的に表現したがる。社会のなかでやはり上へ上へと出ようとするでしょう。それがやっぱりサークル詩ですよ。上へ上へ—社会と同じ構図なんだ。それは違うんだな。（詩は芸事の一つで、）芸事は物好きのすることですから。

――（ ）内は引用者注

実作者の言葉を、そのまま信じていいのかどうかという問題はあるのですが、堀川が時代や社会や政治に結びついた思考、または結びつけるための詩を意図的には書いてないということは信じてもよいと思います。しかし、その作品が、時代に取り込まれ、政治を目指した青年に引き渡されていくのは、堀川にとって、またこの詩にとって幸運な皮肉だったと言えるかもしれません。

信州の自然の中で、詩とひとと出会う

ここで、視点を変えて、私がこの詩と出会った頃の個人的体験に触れたいと思います。私は1950年、堀川と同じ東京に生まれています（堀川の生年は1931年）。堀川のこの詩が書かれた頃、私は12歳。もちろん、堀川正美という詩人について何も知りません。この詩と出会うのは、大学入学前後でした。

18歳になろうとしていた高3の夏を、私は長野県南安曇《みなみあづみ》郡安曇村（現松本市）の民宿で過ごしました。当時、受験を控えた高校生には、暑い都会を離れ、涼しい長野県や新潟県の民宿で朝昼晩の食事付きで一日900円ほどの安価で泊まれる「学生村」という制度が提供されていました。私は在学していた高校から紹介されて長野へ向かったのですが、そこには違う高校から来た女学生や女子大生、大学生たちも集っていました。私はS君とい

う同級生とふたりで「学生村」に入ったのですが、そこには学生運動に疲れて山にやってきたという女子大生や、博士論文を書いている一橋大学の大学院生など多様な人々が集まっていました。自分より年上の大学生たちと政治や社会、文学の話で夜を徹して討論する時間は、刺激的であり、私は受験勉強そっちのけで、彼らとの会話の輪の中に入り込んでいきました。

乗鞍岳の麓にあるその民宿は、豊かな自然環境で、空気も水もおいしく、私は開放的な気分でひと夏を過ごしました。勉強などまるでせず、覚えたのは酒とタバコという状態で、当然のように翌年の入試は失敗。浪人した夏にもそこを訪れ、大学に入学してからも夏になると安曇村に向かいました。気がつけば、私は足かけ10年あまり、その民宿に通い続けることになったのです。

「学生村」に通い始めて2年目の夏、文学を語る慶應の大学生に出会いました。彼は中核派のシンパ（党派には属していないけれど、思想としては共鳴している学生のことをシンパと呼びました。シンパシーの略ですね）でした。また、彼のお兄さんが当時、学生運動とともにその運動が全国的に高まっていた「ベ平連」（ベトナムに平和を!・市民連合）の発起人のひとりだったこともあって、政治に強い関心を抱いていました。「ベ平連」は小田実や哲学者の鶴見俊輔（第12章参照）が主導し、大きな政治勢力になっていました。

くだんの慶應の学生は政治青年であると同時に、繊細な文学青年でもありました。話すうちに、彼が詩の同人誌を作っていることを私に打ち明け、作品を読んでほしいと同人誌を手渡してくれました。私はその詩を読み、目の前が急に開けてゆくような体験をしたのです。それまで、小説や評論、エッセイといったジャンルにしか興味のなかった私にとって、それが現代詩との初めての出会いでした。

世界同時多発的に起きた、詩と学生運動への若者の傾倒

その後、彼とは一緒に同人誌を出すことになりましたが、私も彼と同じように、詩とともに学生運動へ傾倒していきます。

あの頃、多くの若者にとって「政治と文学」は切実なテーマでした。いや、いつの時代でも、青年期には、「恋と革命」という非日常的な出来事に強い憧れを抱くものです。現代はそうした機会があまり見つからないのかもしれませんが、あの時代は、多くの若者が大学を抵抗の拠点として、街頭デモへ繰り出したのです。それは全世界で同時多発的に起こりました。たとえばフランスでは、1968年、政府の方針に反対する学生が中心になって、パリの学生街であるカルチェラタンでの暴動に発展しました。彼らが主導し労働者や大衆が一斉蜂起し、ド・ゴール時代を終わらせるパリ5月革命として知られています。1964年、サルトルがLe Monde（ル・モンド）紙におけるインタビューで「文学は飢えた子の前で何ができるのか」という発言を行い、この言葉をめぐって論争が巻き起きたのもこの時代です。世界同時多発的にこのようなムーブメントが起きるということは、それが戦後20年続いた資本主義の時代の、最初の転換期に当たっていたということだろうと

思います。

日本でも、多くの若者が時代に真正面から取り組み、社会の変革と自分が生きるということを、死さえ見つめながら極限まで突き詰めようとしているかのようでした。奥浩平の『青春の墓標』、高野悦子の『二十歳の原点』、大宅歩の『詩と反逆と死』、そして60年安保のときに亡くなった樺美智子《かんばみちこ》の『人しれず微笑まん』など、いわば同じような思考回路で書かれた著作はどれもベストセラーとなりました。こうした現象はあの時代、瞬間風速的に多くの読者を携え、時代が終わると嵐が吹き去るように消えていったように思います。

おそらくは、現実というものがまだ見えていない若者の初々しさ、そして無防備さ、無知、純粋さが、資本主義の発展による急速な時代の変化や、それに伴う格差の拡大に真正面から抵抗し、対峙したのです。

私もまた長野の美しい自然の中で、そうした著作や若者の考えや思いに、その場所でしか知り合えなかった人々を介してダイレクトに出会い、強く共鳴した者のひとりでした。ひと夏が終わると私は東京に帰り、勉強そっちのけで詩を書くことを始めました。

詩の運命

堀川正美を知ったのもその頃です。私の名前である平川克美と堀川正美の名前は、偶然にも2文字が同じです。私はそんなどうでもよいことにさえ親近感を抱きました。

堀川の詩は、それまでに触れていた抒情派の詩人たち、たとえば、高村光太郎や宮沢賢治、四季派の立原道造などとはまるで違い、不思議に大人の雰囲気を持っていた荒地《あれち》派（第16章参照）の詩とも違っていました。意味を介さない自由な詩の持つ熱や力に圧倒され、私も詩の世界にのめり込んでいったのです。

堀川の言うところの、社会や政治とは違う次元で言葉と向き合う姿勢に、今の私なら納得することができますが、当時の私は、社会や政治の道具として文学に取り組むのか、純粋に文学は文学として取り組むべきものなのかといった問いすら思い浮かべることはありませんでした。ただ、時代の波にもまれながら私は、人生に二度とないような緊張感で文学と向き合っていたと思います。安曇村での夏が特別であったように、私にとってあの頃に文学と向き合ったことは、実に贅沢な、特別な人生の時間であったと、今振り返っても思うのです。

その後、堀川は、70年の詩集『枯れる瑠璃玉』を最後に詩を発表していません。彼がその後詩を書かなかったのか、書いてはいたが発表しなかったのか、それはわかりません。が、この一篇の詩をもって現代詩の歴史に堀川正美という詩人の存在が刻まれたことは確かです。

ときに詩は、作者から離れ、読者によってその価値を高め、ひとりで歩むことがあります。だとしたら、政治性とは直接的には無縁であった堀川の詩作から生まれた詩が、時代の詩となったことを皮肉とは言わず、詩の宿命だったと言うべきかもしれません。

第2章　黒田三郎

場違いな場所で途方に暮れているひと

平明な言葉から生まれる非凡な詩

黒田三郎は、「荒地派」の中では、かなり異質な書き手でした。黒田の詩の言葉には、鮎川信夫や田村隆一のような、直接的な社会性を見出すことはできません。その題材は、ほとんど身の回りの小さな出来事です。ひとつひとつの言葉は、平易であり、むしろ平凡と言ってもよいものなのですが、そうした言葉を使って、黒田は独特の世界を詩の世界に呼び込みました。どこが独特なのかについては、これから実際の作品をもとに見ていきましょう。

黒田は、1919年生まれ。1980年に亡くなった詩人です。軍人の息子に生まれ、鹿児島で育ち、戦時は、南洋の島で過ごしました。黒田は、いわば労働者の息子ではなく、武家官僚の息子なのです。黒田の詩に登場する「お父様」「伯母様」といった言葉遣いはそのことを表しています。百姓や労働者の末裔は、そんな言葉遣いはしません。にもかかわらず、黒田の詩に登場するのは、「安月給のサラリーマン」だったり、「一畳に足りない台所に突っ立ったままでネギを切る」みすぼらしい中年だったりするのです。そこにあるのは、落魄《らくはく》した武士の姿です。1947年、詩誌『荒地』に参加。結核を患いながら、その出自に似合わない市井の人々のありふれた生活と感情から平明な言葉で非凡な詩を書いた詩人と言えるでしょう。

当初は、他の荒地派の作家と同じ匂いを発散する詩を発表していたのですが、1954年に発表する11の詩からなる『ひとりの女に』（翌年第5回H氏賞受賞）の詩篇により、黒田三郎は、新しい境地へ踏み出します。

賭け

五百万円の持参金付の女房をもらったとて
貧乏人の僕がどうなるものか
ピアノを買ってお酒を飲んで
カーテンの陰で接吻して
それだけのことではないか
美しくそう明で貞淑な奥さんをもらったとて
飲んだくれの僕がどうなるものか

新しいシルクハットのようにそいつを手に持って
持てあます
それだけのことではないか
ああ
そのとき
この世がしんとしづかになったのだった
その白いビルディングの二階で
僕は見たのである
馬鹿さ加減が
ちょうど僕と同じ位で
貧乏でお天気屋で
強情で
胸のボタンにはヤコブセンのバラ
ふたつの眼には不信心な悲しみ
ブドウの種を吐き出すように
毒舌を吐き散らす
唇の両側に深いえくぼ
僕は見たのである

ひとりの少女を
一世一代の勝負をするために
僕はそこで何を賭ければよかったのか
ポケットをひっくりかえし
持参金付の縁談や
詩人の月桂冠や未払の勘定書
ちぎれたボタン
ありとあらゆるものを
つまみ出して
さて
財布をさかさにふったって
賭けるものが何もないのである
僕は
僕の破滅を賭けた
僕の破滅を
この世がしんとしずまりかえっているなかで
僕は初心な賭博者のように
閉じていた眼をひらいたのである

――詩集『ひとりの女に』所収

この詩により、黒田は恋愛を含めた日常の世界へと、自らの視線を移します。馬鹿さ加減が自分と同じくらいの女と出会ったとき、何もない、何も持たない自分には、女にかける言葉も、差し出す金も、捧げるものが何ひとつありません。咄嗟に、黒田はうぶな賭博者のような行動に出る。これは切々とした恋愛詩です。持たざる者であるものの、絶望的な意地ともいうべき黒田の詩の言葉に私は驚いたのです。これまで、読んだことのないような恋唄であると思いました。そして、それは単なる恋唄である以上に、崖っぷちに生きている者たちに向けたかすかな希望のように響いたのです。他の、荒地派の仲間が比較的大きな主語で詩を作っていたことを考えると、黒田のこの立ち位置はかなり異質なものに見えます。

無頼派と呼ばれる詩人や新聞記者であったり、特別視される知的エリートが多い荒地派の詩人たちの中にあって、黒田は、NHKに入社し、平凡なサラリーマンとして人生を送っている小市民的な詩人として自らを規定しました。しかし、この「ひとりの女」と出会って、黒田の中の何かが変わっていくわけです。ひとりの女を自分のものにするために、何もない自分にあるのはもう破滅しかない、それでもいいと黒田は思い、うぶな賭博者のように大きな賭けに出ます。このような激しい恋歌を、このような形で書いた詩人はこれまでほとんどいませんでした。

本来の自分とは違う世界で

次に紹介する詩は、その女と出会った後日談のような、長く続く黒田の日常です。療養所で結核の治療を続ける女（妻）。黒田は、ふたりの間に生まれたユリとの父子家庭を送ります。その日常が細やかに、小さな息遣いや匂いまで聞こえてきそうな作品です。

夕方の三十分

コンロから御飯をおろす
卵を割ってかきまぜる
合間にウィスキーをひと口飲む
折紙で赤い鶴を折る
ネギを切る
一畳に足りない台所につっ立ったままで
夕方の三十分

僕は腕のいいコックで
酒飲みで
オトーチャマ

小さなユリの御機嫌とりまで
いっぺんにやらなきゃならん
半日他人の家で暮したので
小さなユリはいっぺんにいろんなことを言う

「ホンヨンデェ　オトーチャマ」
「コノヒモホドイテェ　オトーチャマ」
「ココハサミデキッテェ　オトーチャマ」
卵焼をかえそうと
一心不乱のところに
あわててユリが駈けこんでくる
「オシッコデルノー　オトーチャマ」
だんだん僕は不機嫌になってくる

化学調味料をひとさじ
フライパンをひとゆすり
ウィスキーをがぶりとひと口
だんだん小さなユリも不機嫌になってくる

「ハヤクココキッテヨォ　オトー」
「ハヤクー」

かんしゃくもちのおやじが怒鳴る
「自分でしなさい　自分でェ」
かんしゃくもちの娘がやりかえす
「ヨッパライ　グズ　ジジイ」
おやじが怒って娘のお尻をたたく
小さなユリが泣く
大きな大きな声で泣く

それから
やがて
しずかで美しい時間が
やってくる
おやじは素直にやさしくなる
小さなユリも素直にやさしくなる
食卓に向い合ってふたり坐る

――詩集『小さなユリと』所収

黒田は大酒呑みでした。体軀も大きく、とてもこのような繊細な詩を書く男ではないような感じでした。というのは、1970年代の半ばに、私は、青山学院大学で行われた講演会の会場で、黒田ともうひとりの講演者である石原吉郎の話を聞いたことがあったのです。実際に見る黒田三郎は、顔の中央に赤く、大きな鼻が目立つ偉丈夫で、訥々《とつとつ》と語る人でした。とても、『小さなユリと』を書いた詩人には思えませんでした。そして、そのことが、黒田の詩に、逆説的により一層しみじみとした印象を付与していました。

詩集『小さなユリと』（1960年）には、黒田自身の市井の片隅に暮らす自虐と哀しみとともに、小さなユリと生活する小市民としての小さな喜びが滲《にじ》み出ています。大きな父と小さなユリが暮らす姿がリアルに垣間見られます。普通、こんないじましい姿を曝《さら》け出しているような詩を読むと、そこになにか自虐趣味のような嫌らしさを感じてしまうのですが、黒田の詩にはまるで嫌らしさを感じません。それは不思議でもあり、稀有なことではないかと思います。もし、黒田が労働者の家に生まれ、貧しい暮らしの中で結婚し、倹《つま》しい暮らしに耐えているというような詩人だったとしたら、黒田の詩はかなりあけすけな告白のように響いたかもしれません。しかし、実際の黒田は武家官僚の家で生まれたエリートです。黒田の詩の言葉遣いにそれを感じることができます。にもかかわらず、黒田はそうした自分を、風が吹きさらすひもじい現実の方へ押し出します。そんな渡世においては、黒田はただのデクノボウでしかありません。本来の自分とは違う世界に自分自身を押し出すということは、孤立の道を進むことを意味しています。

父の介護生活を思い出す

この作品のひとつ前に並べられた「しずかな朝」という作品で、妻を療養所へ連れて行く場面が描かれます。その作品はこんなふうに終わります。

砂の上にしゃがんで
車を待っている僕の前を
屑屋の車がのんびりと通っていく
いつまでも見えているその車を
僕はぼんやり眺めている
車の上につき出ているあの奇妙なものは
あれは何だろう
あれは何だろうと思いながら

――「しずかな朝」より抜粋／詩集『小さなユリと』所収

この詩を読むと、私は自分の苦しい経験を思い出します。父の介護生活の中で、病院に入院した父を見舞った帰り道、大田区の呑川《のみがわ》という川に架かる橋の上で、一体いつまでこういう生活が続いていくのだろうかと暗澹たる気持ちで川面を見つめていたことがありました。そのとき、川の先に、白い棒のようなものが見えたのです。いや、棒ではない。何なのだ、あれは。よく見ると、それは一羽の鷺でした。それが棒であっても、鷺でもそのときの私に特段意味のあることではなかったのに、私はその棒状のものをあれは何だろう、何だろうと思いながら眺めていました。人間には、誰にもそういう放心の瞬間があるのかもしれませんね。解決のできない大きな問題の前で、身動きのできない立場に置かれたときです。

黒田は、小さなユリを抱えて、結核の妻を療養所に見舞います。そこに未来はなく、どんな解決策もありません。黒田はただ途方に暮れることしかできません。一体、いつまでこの苦しみと不安は続くのだろう。黒田の詩は、途方に暮れている自身の姿を、遠いカメラのレンズが映し出すように描き出します。

同じ荒地派の詩人である鮎川信夫や田村隆一は、詩の言葉によって、自分たちが生きている戦後の社会の不安や、虚構性を浮かび上がらせようとしましたが、黒田三郎は極めて私的な、小さな世界の中に生きているちっぽけな人間の姿を描きました。

それは、誰もが書けそうな詩でしたが、実際には黒田三郎にしか書けない詩でした。

「黒田三郎にしか書けない」とは、どういうことなのか。対象となる作家は全く別なのですが、詩人の詩人たる所以《ゆえん》を、高橋源一郎が見事に解説しています。彼は、短歌の世界を大きく変えた革命的な歌集である穂村弘の『シンジケート』（1990年）を「発見」したときに、詩人荒川洋治の村上春樹評に触発されてこんなことを書いています。

どんなジャンルでも、ほとんどの、ほんとうに、ほとんどすべての作者は「わたしなりの」作品を書いているだけなのである。「わたしなりの」真実、「わたしなりの」芸術、「わたしなりの」努力、「わたしなりの」才能。それは素晴らしいことだ。唯一、問題があるとするなら、それは、その作品を読むべき読者のことなんか考慮されてはいないことだ。

——高橋源一郎「書けなかった一行」より抜粋／歌集『シンジケート［新装版］』所収

この高橋の文章の全文は、『シンジケート［新装版］』の巻末に「新装版に寄せて」として収録されています。高橋は、穂村の表現の新しさに驚愕しているのですが、高橋の文章もまた批評の新しい表現として驚愕すべきものでした。機会があればぜひお読みいただきたいと思います。高橋が、穂村について述べたことは、黒田の作品にも言えるのではないでしょうか。一見それは「黒田なりの」真実のように見えるかもしれませんが、私はそこに、これまで誰も書かなかったようなことを、使い古された言葉を使って書いたように思えるのです。そして、その言葉の先には、彼の作品を待っている読者がいます。「読者」はたったひとりかもしれないし、あるいは未来の「読者」、過去の「読者」であるかもしれません。

しかし、黒田のこの感覚は、必ずどこかで、誰かが共有している。そうした確信が黒田の中にあったかどうかはわかりません。しかし、こういった形でも社会を描き出すことが可能であることを、黒田三郎の作品は示してくれました。

第3章　茨木のり子

彼女がひとりで立っていた場所

他責的な言葉の対極で

まずは、おそらく読者の多くが教科書で読んだことがあるだろう詩から見ていきたいと思います。

わたしが一番きれいだったとき
街々はがらがら崩れていって
とんでもないところから
青空なんかが見えたりした

わたしが一番きれいだったとき
まわりの人達が沢山死んだ

工場で　海で　名もない島で
わたしはおしゃれのきっかけを落してしまった

わたしが一番きれいだったとき
だれもやさしい贈物を捧げてはくれなかった
男たちは挙手の礼しか知らなくて
きれいな眼差だけを残して皆発っていった

わたしが一番きれいだったとき
わたしの頭はからっぽで
わたしの心はかたくなで
手足ばかりが栗色に光った

わたしが一番きれいだったとき
わたしの国は戦争で負けた
そんな馬鹿なことってあるものか
ブラウスの腕をまくり卑屈な町をのし歩いた

わたしが一番きれいだったとき
ラジオからはジャズが溢れた
禁煙を破ったときのようにくらくらしながら
わたしは異国の甘い音楽をむさぼった

わたしが一番きれいだったとき
わたしはとてもふしあわせ
わたしはとてもとんちんかん
わたしはめっぽうさびしかった

だから決めた　できれば長生きすることに
年とってから凄く美しい絵を描いた
フランスのルオー爺さんのように
ね

――「わたしが一番きれいだったとき」／『茨木のり子詩集　見えない配達夫』所収

茨木《いばらぎ》のり子といえば、おそらく多くの人が、この詩を思い浮かべるでしょう。難しい言葉はひとつもありませんが、強いメッセージが伝わってきます。それは、平易な言葉とは裏腹に、「反戦への強烈な思い」です。「反戦」を歌った詩人は数多くいますが、この詩人はそれを思想としてではなく、あるいは政治的なメッセージとしてでもなく、独特のやり方で詩にしました。彼女の独自性は、この他者を責めるのではなく、いつも自分を見つめ直すというやり方にあります。

茨木のり子の詩には、彼女自身が登場することが多いのですが、そうすることで、彼女の生活や感性に影響を及ぼした社会の様相が鮮やかに浮かび上がってきます。言葉が身体から離れていないのです。

彼女の詩の中には、一滴の血も、砲弾もありません。戦争の悲惨を訴えるために、悲劇的なシーンを描くのではなく、ふとしたときに見た「青空」や、おしゃれのきっかけを失ってしまった「私」について語ることで、戦争によって失われたものが何であったのかを、いい、い、い、い、い、い、ちいさな声で、しかし決然とした意志で伝えています。

19歳で終戦を迎える

茨木のり子は、1926(大正15)年に大阪府大阪市で生まれました。時代は、1931(昭和6)年に始まる満州事変、続く日中戦争（1937年―）、太平洋戦争（1941―1945年）へと、日本は20年以上続く戦争への道を走り始めていました。

彼女は愛知県で育ち、その後、東京で薬学を学びます。上京後は、戦時下の動乱に巻き込まれ、ひもじさや貧しさに耐え、なんとか19歳で終戦を迎えます。幼少時こそ戦争の影は、まだ庶民の足下には届いてはいませんでしたが、その後の小学校から成人に至るまでの時代をずっと戦時の中で過ごさざるを得なかったわけです。

同じような経験をしたひとはたくさんいて、多くの人々が、自分の人生を国家の存亡に重ね、困難な日々を送らざるを得ませんでした。そしてまた、日本人は自国の民の犠牲だけではなく、他国へ侵入し、多くの無辜《むこ》の人々を苦しめてきたのです。そのことの責任は一体どのようにしてとりうるのか。茨木のり子は、本来自分には責任のないことを、あたかも自分の責任であるかのように感じることのできる女性でした。

彼女の父親は人徳のある医者として人々に慕われていたとのことで、そのことが彼女が皇国少女とならずに終戦を迎えるに至った要因のひとつかもしれません。その終戦を待っていたかのように、戦中の自分に降りかかってきたこと、その中でどのように生きようとしていくのか、思ったこと、感じたことを詩の言葉として紡ぎ出していったのです。その言葉の棘《とげ》は、彼女が生きてきた時代に向かうだけではなく、彼女自身にも向けられていることを彼女はよくわかっていました。そうした感覚は、この後、紹介する「自分の感受性くらい」や「くりかえしのうた」に結実していきます。

さて、平易な言葉で彼女が生きてきた時代を描き出したこの作品は、ちょっと意外な終わり方をします。

「だから決めた　できれば長生きすることに／年とってから凄く美しい絵を描いた／フランスのルオー爺さんのように」と締めくくっています。

そして、この作品の最後に、「ね」と付け加えています。

この短い肯定的な一文字で結ぶことで、茨木のり子というひとりの女性の気持ちが、周囲に広がっていきます。読者は、彼女の独白を間近で聞いているような気持ちになるのです。反戦のプロパガンダを超えた反戦の意志、その意志を伝えようとする生の気迫が漲《みなぎ》っています。だから、茨木はイコンを超えた生身のキリストの絵を晩年描き続けたルオーに、強い共感を覚えたのです。

自分へ向けた糾弾の言葉

さて、茨木のり子がどのように詩を書き始めたのかについて触れてみましょう。

さきほどから「茨木」と書いていますが、これは彼女の筆名で、本名は結婚後、三浦のり子となります。茨木という姓を名乗ることにした理由について、彼女は『櫂《かい》』小史」というエッセイの中で触れています。

ある日、ラジオから流れてきた「茨木」という謡曲（能に「茨木」という演目はなく実際は歌舞伎の演目であることがあとからわかるのですが）を聴き、「あっ。これこれ」と思って決めたとか。この演目は、茨木童子《いばらきどうじ》という鬼が、羅生門で有名な武将に切り落とされた腕を取り返しに行く話ですが、茨木はこの鬼の所業についてこんなふうにエッセイで語っています。

私はこの伝説も、歌舞伎の「茨木」もいたって好きである。今になって思うと、たとえ切りとられようが「自分の物は自分の物である」という我執が、ひどく新鮮に、パッときたのは、滅死奉公しか知らなかった青春時代の反動だったかもしれない。

――「『櫂』小史」より抜粋／『茨木のり子詩集』現代詩文庫20所収

「自分の物は自分の物である」という我執と茨木は書いていますが、自分の物を奪われ、蹂躙されてきた彼女の青春時代に対する思いの強さが窺われる文章です。そして戦後とは、日本人が戦争によって失われたもの、我慢していたもの、蹂躙されてきたものを取り戻す時間でした。それを回復の時間と言ってもよいかもしれません。その回復の過程で、自分の自由を奪い取った国家権力やそのお先棒に対する糾弾の気持ちが込み上げてくるのが普通だろうと思います。ただ、茨木のり子の回復の仕方には、ちょっと独特のものがありました。糾弾が他者に向かわず、ひたすら自分へと向かうのです。茨木のり子はいつも、他者にではなく、自分に向けて糾弾の言葉を投げつけます。

自分の感受性くらい

ぱさぱさに乾いてゆく心を
ひとのせいにはするな

みずから水やりを怠っておいて
気難かしくなってきたのを
友人のせいにはするな
しなやかさを失ったのはどちらなのか

苛立つのを
近親のせいにはするな
なにもかも下手だったのはわたくし

初心消えかかるのを
暮しのせいにはするな
そもそもが　ひよわな志にすぎなかった

駄目なことの一切を
時代のせいにはするな
わずかに光る尊厳の放棄

自分の感受性くらい
自分で守れ
ばかものよ

――詩集『自分の感受性くらい』所収

最後の一行は、自分に対して叱咤激励する言葉であるととれますが、こうして読んでいると、茨木のり子という詩人は、誰にでもわかる、繊細で、親しみやすい生活詩を書いた詩人という評判は、間違った思い込みだという気がしてきます。

日常の言葉を使いながら

草野心平、三好達治、高村光太郎、宮沢賢治らと並んで、茨木のり子の詩は教科書によく載っています。彼らの多くは豊かな言葉で抒情詩を紡いできた世代です。

しかし、同じように教科書に載っているけれど、茨木の詩は、ほかとはまるで違うのです。台所や、町々や喫茶店や、通りや駅で目にする風景を語るときの言葉を使いながら、彼女の歌っているのは抒情ではありません。

たとえば、次の詩。

くりかえしのうた

日本の若い高校生ら
在日朝鮮高校生らに　乱暴狼藉
集団で　陰惨なやりかたで
虚をつかれるとはこのことか
頭にくわっと血がのぼる
手をこまねいて見てたのか
その時　プラットフォームにいた大人たち

父母の世代に解決できなかったことどもは
われらも手をこまねき
孫の世代でくりかえされた　盲目的に
田中正造が白髪ふりみだし
声を限りに呼ばはった足尾鉱毒事件
祖父母ら　ちゃらんぽらんに聞き　お茶を濁したことどもは
いま拡大再生産されつつある

分別ざかりの大人たち
ゆめ　思うな
われわれの手にあまることどもは
孫子の代が切りひらいてくれるだろうなどと
いま解決できなかったことは　くりかえされる
より悪質に　より深く　広く
これは厳たる法則のようだ

自分の腹に局部麻酔を打ち
みずから執刀
病める我が盲腸を剔出した医者もいる
現実に
かかる豪の者もおるぞ

――詩集『人名詩集』所収

この詩を茨木が出したのは、１９７１（昭和46）年のことです。終戦から26年経った昭和40年代。多くの日本人はかつて支配してきた隣国朝鮮半島出身者に対し、意識的、無意識的であるかにかかわらず、言われのない差別感情を抱いていました。この詩の中に出てくる光景を、茨木は新聞か何かで読んだのでしょうか。駅のプラットフォームで行われた陰惨な事件を読みながら、彼女の脳裏にこみ上げてきたもの。何よりも茨木が激したのは、一部始終を見守った大人たちであり、自分も含めて戒《いまし》めを書き記しています。

茨木がこれほどまでに、自分を戒め、自分が正しいと思ったことを守り抜こうとした姿勢にはどんな背景があるのでしょうか。彼女が生きてきた青春期、本当の言葉を語る者に対して、戦争というものは容赦なく「曲がる」こと＝転向を迫ってきたのです。それは、多くの文学者にとっても同じでした。第二次世界大戦のとき、大政翼賛的な詩や小説を書かなかった表現者はほとんどいませんでした。体制の如何《いかん》にかかわらず、自分を貫いた数少ない作家が、永井荷風であり、金子光晴でした。

茨木は金子のことを尊敬し、エッセイでも数多く触れています。自分を大きくも見せず、小さくも、強くも弱くも見せずに生きた確固たる個人が金子光晴という詩人でした。

ひとりその場所に立ち続けた詩人

さて、茨木の詩を何篇か、時代をばらばらに紹介してきましたが、彼女が詩人となったのは、『詩学』への投稿がきっかけでした。その作品が村野四郎氏の目に留まり、1950（昭和25）年に掲載されたのです。茨木はその前年、詩を書くことを決意しています。そのことをこのようにエッセイに書いています。

詩を書きたいという欲求もさることながら、言葉を鵜匠のように、自由自在に操ってみたい、言葉をもっとらくらくと発してみたい、言葉に攫《さら》われてもみたいという強い願望があり、そのためには詩を書くことが先決のように直観されたからだ。

――「『櫂』小史」より抜粋／『茨木のり子詩集』現代詩文庫20所収

そして、1953（昭和28）年の早春。川崎洋からの手紙を受け、『櫂』という詩の同人詩誌をふたりで始めます。『櫂』の第1号が出たのは初夏。

第2号には、谷川俊太郎、第3号からは、舟岡遊治郎、吉野弘が参加します。

そして、1955（昭和30）年の第10号には、大岡信《おおおかまこと》、谷川雁、谷川俊太郎、牟礼慶子、山本太郎、飯島耕一、吉野弘、中江俊夫、川崎洋、友竹辰、舟岡遊治郎、水尾比呂志、茨木のり子といった面々が集まることとなります。

これだけの面々が集まった同人詩誌発刊というのは、当時の詩の世界ではちょっとした事件であり、当然詩界に大きな影響を与えました。

しかし、この時代、荒地派も、マチネ・ポエティクというグループの人々も、文学を志す人々はよく集い、談論しました。そうして切磋琢磨しながら書いたことが、戦後の文学を豊かな土壌にしていったのです。

堀田善衞が書いた『若き日の詩人たちの肖像』という自伝的な小説には、この間の詩人や、歌人たちの交流が生き生きと描かれています。機会があれば、ぜひ読んでいただきたい本です。

この一群の詩人たちの中に茨木のり子もいたわけですが、茨木は詩人という特別な存在としてというよりは、生活者として、普通の、当時は主婦として、洗い立ての大根のような詩を書き続けました。気どりや、見せびらかすようなものはなにひとつなく、詩人の中で秀でてやろう、うまい詩を書こうという思いもなく、思ったことを思ったままに正直に書く。そういった詩人でした。

そんな彼女が、「美しい言葉とは」というエッセイにこのように書いています。


いつまでも忘れられない言葉は、美しい言葉である……忘れられないというのは、よくもわるくも一人の人間のまぎれもない実在を確認した、ということを意味するのかもしれない。……また、人間の弱さや弱点を隠さなかった言葉は、おおむね忘れがたいし、こちらの胸にしみとおる。このことは既に子供の頃から感づいていて、だから「さらけだす必要もないが、しかし、自分の弱さを隠すな」と、ずいぶんと自身に言いきかせてきたのだが、過ぎこしかたを省みると隠蔽の気配のみが濃いようだ。

――「美しい言葉とは」より抜粋／『現代の詩人7　茨木のり子』所収

実に正直な文章です。

彼女は、市井に生きる普通の人間として、少女期から青春期に感じたこと、疑問だったことを大事に胸にしまい込み、生き延びて、そして戦後、自分の弱さを包み隠すことなく、戦争に異を唱えたのです。

あの時代、戦争に賛成し、国を戦争へと導いていったのは、逞《たくま》しさと狡《ずる》さと弱さを併せ持つ普通の人々でした。茨木のり子は、自分もまた普通の人々として、そのことの狡さ、弱さ、怖さを知っていた。だからこそ、普通の人として、普通の人々のひとりである自分を糾弾するのです。

彼女が立っていた場所。それは、誰にでも経験のある、どこにでもある場所でした。しかし、周囲の環境の変化の中で多くの人々が立ち去ったあとも、ひとりでその場所に立ち続けたのです。

茨木のり子の詩集は、さほど多くはありません。文庫本3冊にとどまるほどです。しかし、そこに詰め込まれた彼女の、やさしくて、きびしい言葉は世代を超えて人々の心を摑み続けています。

第4章　小池昌代

欠如という存在感

不在、あるいは欠如によって存在を描く

小池昌代は、私が最も身近に接した詩人であり、また最も信頼している書き手のひとりです。私は、幸運にも、彼女とは、何度もお会いする機会があり、公開での対談なども行ってきました。

私は、社会に鋭くコミットした詩に強い興味を持っているのですが、小池さんは、社会問題にコミットするような発言や、政治的な発言はほとんどしていません。

戦後現代詩の世界では、戦争や差別について積極的に言葉で対抗する一群の詩人たちがいました。典型的なのは、プロレタリア詩人と呼ばれた人々で、彼らは階級闘争のひとつの手段として詩を書きました。あるいは、谷川雁という詩人は、詩と、詩の言葉を、世界の重さに対抗させ、革命のイメージを象徴的に表現しました。

また、石垣りん（第14章参照）は、自らの出自に連なる生活者という視座から、社会に

ついて考察し、それを強い意志を持って表現しました。前章で紹介した茨木のり子もまた、市井の生活者として詩を書き続けてきましたが、そこには常に社会と彼女自身の間に存在する緊張感が漲っていました。特に、朝鮮人差別など民族差別問題について敏感に感じ取るひとであり、詩にもその感情を投じました。

小池昌代は、右に挙げたような詩人とは、違うタイプであるように見えます。かといって、私的な感情をストレートに吐露するわけでもないし、風雅を歌う詩人でもありません。小池昌代という詩人を一言で言い表すのはとても難しいのですが、あえて言うならば、存在論的な視点を持つ詩人ではないかと思います。それが言い過ぎだというこ となら、私たちがこの世界に生きているときに感じる微妙な違和感を、存在を不在によって際立たせる手法によって描き出した詩人と言い換えてもよいかもしれません。

たとえば、他者との距離感、あるいはあるべき自分と、現実の自分との距離感を誰も考えつかないような表現で詩に定着したということです。

彼女の詩を初めて読んだとき私は、「こんな書き方、こんな言い方があるのだ」と驚きました。それは、言葉の盆栽職人に感じるような驚きではなく、その使い方を知っていると思っていた言葉が、全く違うやり方で使われることによって、思ってもみなかった世界が開示される瞬間に立ち会う驚きに近いものでした。

言葉が鍛えられる場所

具体的な作品評論をする前に、なぜ小池昌代という詩人を知ったのかについて少し触れておきます。2004年、私は内田樹との往復書簡の形で、『東京ファイティングキッズ』（柏書房）を刊行しました。この本を、当時のNHKが「週刊ブックレビュー」で取り上げてくれることになりました。そして、私たちの本を選んでくれたのが、小池昌代さんでした。番組の中で、小池さんは私が書いた次の一節について共感を込めて語ってくれました。

「言葉が鍛えられるのは、言葉が通じない場所である」

小池さんが、付箋を貼って読んでくれたこの部分は、まさにその書で私が一番言いたかったことでした。そこに、私より9歳下の、すでに高い世評を獲得している詩人が光を当ててくれたことに私は驚き、嬉しくなり、早速彼女がどんな詩を書くのか、読み始めたのでした。

読んでみると、なぜ、彼女が私が書いた一文に目を留めたのかが、すぐにわかりました。「言葉が通じない場所」とは、「このひとには何を言っても……」とか「日頃から、言葉について、とか、文学についてなど、考えたことのない」「そういう話題に反応してくれない」人々のいる場です。工場で生まれた私は、言葉の力などつゆほども信じてはいない人々に囲まれて成長しました。「勉強ばかりしていると、頭でっかちの馬鹿になる」と信じている人々。私は、彼らのことが好きであり、信頼し、同時に軽蔑していたのだと思います。そして、その人々に対して発するため、または何かを感じてもらおうと真剣に言葉と向き合うことが、自身の言葉を鍛えるのではないかと思ったのです。その不可能性に思い至ったと言ってもよいかもしれません。

小池さんもまた、詩の言葉というものが、人々になかなか伝わりにくい、理解されない、読まれもしないものであることを痛烈に感じておられたと思います。おそらく、私以上に、言葉が通じる、伝わるとは一体どういうことなのかを痛切に考えていたんじゃないかと思います。

私が、彼女の作品に最初に触れたのは『小池昌代詩集』（現代詩文庫174）です。その中に、初期の詩集『水の町から歩きだして』所収の、「りんご」という詩があります。

その詩はこのように始まります。

ところで
きょうのあさは
りんごをひとつ　てのひらへのせた

つま先まで　きちんと届けられていく
これはとてもエロティックなおもさだ

地球の中心が　いまここへ
じりじりとずらされても不思議はない
そんな威力のある、このあさのかたまりである

——「りんご」より抜粋／『小池昌代詩集』現代詩文庫174所収

一読で、引きずり込まれてしまうような魅力を放っています。こんな詩を、これまで読んだことはありませんでした。それなのに、こんな詩を読みたかったのだと思わせてくれる。そして、詩は続き、次の一連を引き出します。

なくなったきもち分くらいのおもさ　か

あのひとと　もう会わない
そうして
きょうのあさは
りんごをひとつ　てのひらへのせた

こうして終わるこの詩を、私は実に切ない恋唄として読みました。りんごの重さは、別れた男の分だけの重さということでしょう。別れた男がりんごになって手のひらに戻され

るという感覚でしょうか。

彼女はこの詩で、りんごの重さの上に、「不在者」の存在を投影したのです。失ったものの代わりとしてりんごが手のひらの上にのっている。

「不在」は、逆に「存在」を際立たせ、語り始めます。読者は、「もう会わない」あのひとを想像します。この「不在」による「存在」の表し方こそが、小池さんの詩の特徴であり最大の魅力です。

詩集『永遠に来ないバス』所収の「空豆がのこる」には、「不在」という言葉自体が詩に登場し、なお一層「不在」について語る小池昌代の技が際立つ作品となっています。

空豆はすぐにゆであがり
わたしは「待って」と言った
湯をこぼして
「食べていって」
流しのステンレスが、ぽこん、と鳴った
それなのに
行ってしまったのは。
なによ
それで

山盛りの空豆のひとつひとつを
ちいさくやぶり
くちのなかへ

そして、この詩は次のような意外な一行に収斂《しゅうれん》していきます。

空豆を食べる
えいえんの輪のなかで
わたしはあのひとの不在にさわる

――「空豆がのこる」より抜粋／詩集『永遠に来ないバス』所収

これもまた恋歌であり、その恋の時間の長短は読者が想像するところですが、どちらにせよ失恋、または、失恋に似た喪失を歌っています。しかし、それは単なる恋愛感情を超えた、存在の不思議な形へ向かっていきます。

小池昌代の書く詩には、こうした「不在、永遠、遅れ、欠け」といった言葉がたびたび記されます。

存在をめぐる逆説

さて、不在によって存在を表すということはどういうことでしょうか。

言い換えれば、私たちが他者の存在に気づくのは、その不在によってであるという逆説がここにあります。喪失して初めて存在を知るということが、私たちの生きる世の常であり、誰もが経験する体験であると思います。たとえば、親の存在なども、そのひとつと言ってよいでしょう。私も、母を亡くし、父を介護しているとき、常に頭に浮かんできたのは「お父さんを頼むよ」と言い残した母のことでした。そして、やがて父も亡くし、その後、実家を売り、そこに見知らぬ家族の家が3棟建った光景を見たとき、私は大きな喪失感を覚えました。自分がどこに立っているのかよくわからない感覚に見舞われたと言ってよいでしょう。父母の不在、実家の不在という事実に直面したときに、私は初めて父や母、自分が育った家というものに強烈な存在感を覚えたのです。彼らが生きているときは、それはそこにあるのが当然であり、あらためてその強い存在感を覚えるということはほとんどありませんでした。

こうした経験は、誰の人生にも起こりうるものだろうと思います。出会って、別れる、そのひととひととの間に起こる存在と不在の繰り返し。それは対人関係の中だけではありません。日常の小さな所作、たとえばりんごを手のひらにのせる、空豆をゆでてほおばる、そうしたちょっとした所作の中にも、存在と不在の繰り返しが続いています。しかし、誰も、日常的な所作の中で、そのことの不思議さを感じることはありません。あらゆる存在は、その不在によって初めてその意味が浮かび上がってきます。しかし、その存在の不思議な様態をどのようにしたら、言葉にすることができるのでしょう。小池昌代は、それを詩の言葉に表しました。

その表し方が見事過ぎて、なぜ彼女はこんな詩を書けるのか、不思議な気持ちになるほどです。

私はその「なぜ」を小池さんに直接聞いたことがあります。

彼女は、「詩は、小学生の頃から大切なものでした」と言いました。それは私の質問に対する直接的な答えではありませんでしたが、私はなるほどと、妙に納得してしまったのです。小学生の頃から詩を大切なものとしていた少女にどのような生き方が可能だったのでしょうか。こんなに優れた詩を書きながら、彼女が詩の世界で注目され始めたのは、38歳のときです。1997年、『永遠に来ないバス』で現代詩花椿賞という賞をとり、その後、高見順賞、萩原朔太郎賞などさまざまな賞をとり、小説でも注目されていきますが、20代でデビューする新人と比べ、彼女の詩人としての歩みはずいぶん遅く始まったのでした。

少し小池さんの経歴に触れますと、最初は法律の書籍を刊行する出版社に勤め、コツコツと貯めたお金で自費出版の詩集を出し続けました。

日本の詩人で詩を書くだけで食べているひとというのは、谷川俊太郎さんだけかもしれませんね。多くの詩人は、別の収入源を持ち、詩を書きためては自費出版する。それも、数百部ほどのわずかな部数です。昨今の出版界は不況で、どんどん初版の刷り部数が落ちています。詩集の場合、小説や評論に比べると1桁少ない部数すら自費でないと出版できない。それでも毎年多くの詩人たちが、なけなしの金を叩《はた》いて詩集を出版しています。これは、先進国の間では日本独特かもしれません。だから、詩人の社会的なステイタスも高くない。お隣の韓国では詩人のステイタスは日本よりはるかに高いと思います。毎年、詩のアンソロジーが刊行されますし、現代詩50選、100選といった本が出版されていますが、日本においてそうしたことは、詩の愛好家だけが購読する雑誌以外のところではほとんどありえません。

アメリカでも、詩は大事な市民の教養であり、また楽しみでもあります。国民的な詩人がときに誕生し、ひとつの時代を作ることもあります。

たとえば、ボブ・ディランはそのひとりでしょう。彼は、アレン・ギンズバーグという詩人に強い影響を受けています。ギンズバーグもまた、ひとつの時代、詩によってひとつの世界を作り上げた詩人と言えるでしょう。

少し前になりますが、ジム・ジャームッシュが『パターソン』(2016年)という映画を作りました。パターソンとは、アメリカの小さな町の名前であり、またこの映画の主人公、バス運転手を生業としながら詩を書く男性の名前でもあります。作中、主人公が書いたものとして紹介される詩は、ロン・パジェットという詩人が、映画のために書き下ろした詩ですが、映画の中ではほかにも、ウィリアム・カーロス・ウィリアムズ(アメリカの詩人)やフランク・オハラの詩が登場します。主人公の生活、それは詩を書くということと、毎日、公共バスの路線の風景を運転手の席から眺め、通り過ぎること、その変わらぬ日常とそこに訪れた小さな非日常のディーテイルを静謐に描いた、まさに一篇の詩のような作品です。主演のアダム・ドライバーの朗読が素晴らしく、詩の魅力を十分に伝える作品となっています。

小池さんは、法律系の出版社に勤めて、貯めたお金で詩集を出し続けたけれど、「もうやめよう」と思ったことが何度もあったと言いました。自分がなぜ詩を書いているのか、自分はなぜ詩集を編んで、出版しているのか、わからなくなったときもあると。

38歳。それは、普通ならもう夢をあきらめてしまう年齢ですが、小池さんはあきらめませんでした。もちろん、何度も、もう止めようとは思ったそうです。しかし、小学生の頃から胸中に抱え込んでいた詩に対する気持ちをあきらめることはできませんでした。

詩を書き続けるということ

そうしたことが人生にはあるように思います。

詩が書きたいという思いに大きく傾いていた青春期から、生活のために事業を起こした頃、私は書きためた詩のほとんどすべてを焼き捨てました。その後、再びまた書くという仕事を得ることができたのですが、私が筆を折ったのと対照的に、小池さんは詩を書き続けました。自分の才能、あるいは詩を書く気持ちの強さというものを信じていたのだと思います。

10代、20代で注目される詩人の作品を読むと、レトリックに長《た》けていて微細な感覚を見事に表現したり、極めて斬新な表現を駆使した実験的な表現に出会います。私は、それらの作品をうまいとは思うのですが、「詩とはそんなものじゃないだろう」という気持ちを持ってしまうことが多いのです。りんご一個分の重さを知るには、人生を積み重ねた経験が必要であり、そうした経験の中から滲み出てくる言葉というものがあります。詩は正直ですから、うまいだけではひとの心に刺さってこない。無冠の詩人であり続け、若さから離れていく年齢になった小池さんは、最後まで詩を手放すことはありませんでした。そして、無冠であった小池さんは、手にしていないものの重さを知っているからこそ、その不在が訴えかけてくる声に耳を傾け、身体で感じようとしていたのかもしれません。

詩を書き続けるという孤独感について、以前、ラジオで小池さんと対談したときに私はこんな話をしたことがありました。

非合法時代の共産党の山村工作隊員が射撃の練習をしている。しかし、山村には自分を理解する者など誰もいない。こんなことをやっていて、革命などできるのだろうか、という疑念が浮かぶ。

ところがそのとき、遠い山の向こうから射撃の音が微かに聞こえてくる。その音は、たしかに自分と同じように戦っている人間の放った鉄砲の音であり、そういう人間がどこかにいるのだという思いで、その工作員は射撃を続けることができた。

どこに出典があるのかよくわからない話なのですが、たぶん友人から聞いた話として私には強く心に残っている逸話です。

もうこんなことをしたってだめに決まっていると思いかけたとき、山の向こうから届く鉄砲の音に、見えない山の向こうにいる自分と同じ存在を感じた。

この話をした私に、小池さんは「私も全く同じ思いで書いていました」と言いました。どこかに自分と同じように詩を書いているひとがいて、そのひとには自分の言葉は届くはずだと思ったそうです。目の前にいるひとには届かない。つまり、目の前には不在でも、どこかにいる誰かに必ず自分の言葉を届けよう、届くはずだと願いながら書き続けた。

物書きにはありがちな話ですが、実際にその気持ちを叶えることができるひとはそうはいません。書くことで食べていけるひとは、わずか数百人中のひとりと言ってよい世界です。食べていくことと詩人になることはまた別のことですが、そうしたこととは別のところで、自分は詩人であると自己規定し、詩を待ち続けた小池さんの気持ちは、「永遠に来ないバス」の一節で、こう書かれています。

するとようやくやってくるだろう
橋の向こうからみどりのきれはしが
どんどんふくらんでバスになって走ってくる
待ち続けたきついい目をほっとほどいて

五人、六人が停留所へ寄る
六人、七人、首をたれて乗車する
待ち続けたものが来ることはふしぎだ
来ないものを待つことがわたしの仕事だから

――「永遠に来ないバス」より抜粋／詩集『永遠に来ないバス』所収

右の最後の一行が、小池昌代の詩人としての立ち位置です。

そして、待っていたバスがやってくる、その情景を「みどりのきれはし」と表現した詩人はいたでしょうか。大きな物語を語るのではなく、日常的に誰もが通り過ぎる場所に立ち止まり、微細な音を聞きわけ、その小さな音を「やってきたもの」として言葉に落とし込む。その言葉は、誰かには届く。どこか見えないところに、必ず、来ないものを待つひとがいる限り。

詩集『水の町から歩きだして』の中に、「庭園美術館」という作品があります。

その一節もまた、小さな音を描いています。

だれかが落とした釦が
静かな室内を
音をたて　ひかりの中へころがり

いくにんかの視線を集めている

――「庭園美術館」より抜粋／詩集『水の町から歩きだして』所収

誰かの衣服にかろうじて細い切れかけの糸でついていた釦《ボタン》が、とうとう美術館の床に微かな音を立てて落ちる。釦がころころと、室内の陽がさす場所へと転がり込む。

その一瞬の情景を捉えた作品ですが、この音に耳を澄まし、言葉にすることで、誰もがそうしたふと起こったことに心が揺れ、それが何か自分の奥にあることに繋がる可能性がある。私たちの住んでいる世界は、そのような場所であり、そういう性質のものであることを、小池昌代という詩人は何度も小さな音を集めては書いているのです。

第5章

黒田喜夫と「列島」の詩人たち

革命の知らせはついに届かず

社会主義リアリズムの詩人たち

少し長いのですが、まずは、この詩を読んでください。

毒虫飼育

アパートの四畳半で
おふくろが変なことを始めた
おまえもやっと職につけたし三十年ぶりに蚕を飼うよ
それから青菜を刻んで笊に入れた
桑がないからね
だけど卵はとっておいたのだよ

おまえが生まれた年の晩秋蚕だよ
行李の底から砂粒のようなものをとりだして笊に入れ
その前に坐りこんだ
おまえも職につけたし三十年ぶりに蚕を飼うよ
朝でかけるときみると
砂粒のようなものは微動もしなかったが
ほら　じき生まれるよ
夕方帰ってきてドアをあけると首をふりむけざま
ほら　生まれるところだよ
ぼくは努めてやさしく
明日きっとうまくゆく今日はもう寝なさい
だがひとところに目をすえたまま
夜あかしするつもりらしい
ぼくは夢をみたその夜
七月の強烈な光に灼かれる代赭色の道
道の両側に渋色に燃えあがる桑木群を
桑の木から微かに音をひきながら無数に死んだ蚕が降っている
朝でかけるときのぞくと

砂粒のようなものは
よわく匂って腐敗をていしてるらしいが
ほら今日誕生で忙しくなるよ
おまえ帰りに市場にまわって桑の葉を探してみておくれ
ぼくは歩いていて不意に脚がとまった
汚れた産業道路並木によりかかった
七十年生きて失くした一反歩の桑畑にまだ憑かれてるこれは何だ
白髪に包まれた小さな頭蓋のなかに開かれている土地は本当に幻か
この幻の土地にぼくの幻のトラクタアは走っていないのか
だが今夜はどこかの国のコルホーズの話でもして静かに眠らせよう
幻の蚕は運河に捨てよう
それでもぼくはこまつ菜の束を買って帰ったのだが
ドアの前でぎくりと想った
じじつ蚕が生まれてはしないか
波のような咀嚼音をたてて
痩せたおふくろの躰をいま喰いつくしてるのではないか
ひととびにドアをあけたが
ふりむいたのは嬉しげに笑いかけてきた顔

ほら　やっと生れたよ
笊を抱いてよってきた
すでにこぼれた一寸ばかりの虫がてんてん座敷を這っている
尺取虫だ
いや土色の肌は似てるが脈動する背に生えている棘状のものが異様だ
三十年秘められてきた妄執の突然変異か
刺されたら半時間で絶命するという近東沙漠の植物に湧くジヒギトリに酷似している
触れたときの恐怖を想ってこわばつたが
もういうべきだ
えたいしれない嗚咽をかんじながら
おかあさん革命は遠く去りました
革命は遠い沙漠の国だけです
この虫は蚕じゃない
この虫は見たこともない
だが嬉しげに笑う鬢のあたりに虫が這っている
肩にまつわって蠢いている
そのまま迫ってきて

革命ってなんだえ
またおまえの夢が戻ってきたのかえ
それより早くその葉を刻んでおくれ
ぼくは無言で立ちつくし
それから足指に数匹の虫がとりつくのをかんじたが
脚は動かない
けいれんする両手で青菜をちぎり始めた

――『黒田喜夫詩集』現代詩文庫7所収

どうですか。

この詩を初めて読んだとき、このような詩を書けたらもう、死んでもいいとすら思ったものです（ちょっと大げさですが、それほどの衝撃だったのです）。

さて、これまで、戦後の詩を代表する同人誌『荒地』について、何度か話してきました。その『荒地』と同時代、『列島』という詩の雑誌に集う、一群の詩人たちがいました。『荒地』が7人から10人のグループだったのに対し、『列島』には非常に多くの詩人や小説家が参加していました。

『列島』に掲載された詩は、いわゆる社会主義リアリズム的なものが多くありました。社会主義リアリズムとは、ソビエト連邦などの社会主義国家において推奨された、美術や音楽、文学の表現方法です。社会主義を称賛するプロパガンダ的な意図があるのですが、その意図を超え、芸術としてさらに深い表現も生まれました。海外の詩人では、ソ連のマヤコフスキー（1893―1930）、フランスのエリュアール（1895―1952）等が挙げられるでしょう。エリュアールの「リベルテ（自由）」は、とても美しく、味わい深いよい詩です。機会があればぜひ読んでみてください。

さて、日本において社会主義リアリズムを掲げる『列島』の詩人たちは、何を目指したのか。一言で言うなら、それは表現の革命であり、実際の政治における革命です。

革命という、現在の日本において、ほとんどリアルな響きを持たないこの言葉は、しかし当時の日本の社会においては非常に強い力を持つ言葉でした。ひょっとすると、革命は明日起きているかもしれないと、誰もが思った時代があったのです。当時の日本とは、一体いつのことか。それは、「毒虫飼育」を書いた黒田喜夫という詩人が生まれ、生きてきた時代の日本です。

東北に生まれて

黒田喜夫という詩人は、1927年に山形県米沢市で生まれ、寒河江《さがえ》市で幼少期を過ごしました。

寒河江という町に私は行ったことがあります。

評論家の川本三郎さんと対談したとき、川本さんは「とてもいい町で、何度も通っている」とおっしゃいました。尊敬している川本さんが好きな町なら「私も行ってみよう」と思って訪れたのです。寒河江は小さい町でした。やたらにスナックばかりが目立つ駅前の繁華街を過ぎると、すぐに田んぼが開けていました。どこにでもある地方都市といったところです。一体、川本さんがこの町のどこに惹かれたのか、私には全く不明でした。

ひょっとすると私が歩いたところとは別のところに、川本さんが惹かれる街があったのかもしれません。寒河江駅のある左沢《あてらざわ》線の終点には、最上川舟運の港町、大江町左沢の町並みが広がっています。駅の観光案内所で手に入れたパンフレットには、夕陽に照らされた最上川と、川沿いに赤や青の屋根が点在している美しい風景写真が掲載されていました。

寒河江から少し山に登ると、慈恩寺という古刹があります。

映画『男はつらいよ　葛飾立志篇』（1975年）では、主人公の寅次郎（寅さん）が寺の娘に恋をします。その恋ゆえに、旅先で出会った僧侶（大滝秀治が演じていました）から教わった「己を知るために」という言葉どおりに勉学に励みますが、そこは寅さんです。にわか坊主として檀家衆の相手をしてしまう始末です。そのロケ地が寒河江でした。

さて、この古刹慈恩寺以外はこれといった特徴もなく、日本海側に位置する東北の農村の風景が広がる町が寒河江です。その町というか村に、黒田喜夫は1926年に生まれます。黒田の死没年は1984年であり、彼が生きた時代は、ちょうど昭和という時代（1926～1989年）に重なっています。

1926年は、1914年から18年まで続いた第一次世界大戦と、1941年から45年の第二次世界大戦の中間であり、もっと言えば、1931年に勃発した柳条湖事件から始まる日本の十五年戦争までの、ぽっかり空いた瞬間的な無戦の時間でした。

1926年という年に黒田が生まれたことは、黒田の詩、黒田のまなざし、黒田の生を読み解く上で非常に重要です。

1929年から30年まで、日本共産党は武装共産党となり、非合法組織として活動していました。黒田は、最も多感な時代に、武装闘争による革命を目指していた共産党の思想に触れていたことになります。

1917年、ロシア帝国が崩壊し、周囲の国々を巻き込んだ連邦国家としてのソビエト連邦が誕生します。それ以降、世界には次々と社会主義国家が生まれ、社会主義の運動や思想が世界を席巻します。この潮流は第二次世界大戦後、ベトナム戦争まで続きました。資本主義文明と社会主義文明、ふたつの社会に世界が二分された時期が20世紀前半から半ばの時代にあったのです。現在、社会主義国家は、キューバや北朝鮮といった小さな国でしか実現していませんが、当時はどの国においても、ひょっとすると、明日、自分の国は社会主義国家になっているかもしれないという感覚が確かな感触として存在していました。

資本主義陣営も、その恐るべき社会主義の台頭に恐々としていました。第二次世界大戦終結後の世界は、資本主義と社会主義が、真っ向から互いのイデオロギーの正当性を証明しようと争っていたのです。その構図が、戦後のアメリカとソ連の抗争に集約されていきます。やがてソ連が崩壊し、次々と社会主義国家が滅亡していく中、マルクスの掲げた社会主義は劣勢になり、もう革命を唱える土壌はないかのようですが、そういう時代があったということは、記憶しておいていいと思います。

武器は来なかった

さて、日本共産党が非合法の武装組織となった背景には、そういう世界的な社会主義というイデオロギーの台頭があったことは言うまでもありません。

社会主義陣営は、コミンテルンという国際会議を開きます。1919年から1943年まで、約四半世紀の間、コミンテルンは世界の社会主義、共産主義を指導しました。その会議で決議されたのは、ひとつの国で革命を起こすと同時に、世界同時革命を実現しようというものでした。

世界同時革命とは、どのようになされると考えられたのでしょうか。それは、武装した共産党員が山村、農村に入り、彼らの中に革命分子を育成していく、これを山村工作と呼びました。農村・山村に入った兵士たちは、自分たちにそのうち武器が配られ、革命を起こす日が来ることを信じたのです。

しかし、コミンテルンは第二次世界大戦中に解散し、世界の農村・山村で待っている党員にはいつまで待っても武器が配られることはありませんでした。

黒田は1945年日本共産党に入党します（1961年除名処分を受けます）。共産党入党後は、故郷である山形県米沢で、農民運動に従事するようになります。そして、『列島』

に参加。1959年に第一詩集『不安と遊撃』で第10回H氏賞を受けました。

日本共産党は1955年の第6回全国協議会（六全協）において、中国の「農村から都市を包囲する」武装闘争路線を転換して、合法化、大衆化の道を進み、ソ連共産党から離れる決議をします。予想外の大衆運動の盛り上がりに乗じ、武装革命の理想を旗から降ろした大衆政治への参画は、革命を叫ぶ末端の党員たちにとっては裏切りに見えたかもしれません。

『列島』のテーマと結実

『列島』について少し触れておきましょう。

『列島』は、1952年から55年までに、12巻の冊子を出版しています。したがって、共産党が方針転換をする六全協決定以前の、武装闘争時代に重なっているわけです。この活動の始動時期は、『荒地』とほぼ重なります。『荒地』のメンバーは同人雑誌終了後も息の長い活動を続けたのに対して、『列島』は多くの人々を巻き込みながら、そのメンバーの活動期間は限られていました。そのことが何を意味するのかは後で述べるとして、ともかくも、戦後、『荒地』『列島』といった詩の同人誌が次々と発刊され、詩人たちが文化戦線を牽引するかのように活発に活動した時代があったのです。

その胎動がどれほどのものだったのか、『列島』創刊号に名を連ねた錚々《そうそう》たるメンバーの顔ぶれが示しています。創刊の辞を野間宏が書き、安東次男が詩を発表しています。そして小説家として一つの時代を作った安部公房も詩を寄せています。彼がなぜ『列島』に加わっていたのかちょっと不思議な気もしますが、道場親信《みちばちかのぶ》の『下丸子文化集団とその時代　一九五〇年代サークル文化運動の光芒』という本の中に、安部公房の名前を見ることができます。

安部公房は黒田喜夫が農村で農民運動を指導したように、東京下丸子の工場街に入り、下層階級である工員たちの組織化を行っていたようです。この下丸子の文化活動のひとつは、歌声喫茶「ともしび」となって現代にまで続いています。当時、共産党の青年組織は各地の企業に入り込んで労働組合を主導したり、党員拡大のための運動を繰り広げていました（第9章参照）。

『列島』には、関根弘、浜田知章《はまだちしょう》、福田律郎といったメンバーが集いました。そして、おもしろいことに第三の新人として名をなす椎名麟三も『列島』に加わっていました。クリスチャンであった椎名の参加は『列島』の裾野の広さを物語っています。さきほど述べたように、『列島』は、10人以下のメンバーで構成された『荒地』と違い、多くの人々が参加した、いわゆる開かれた文化活動の性格を持っていました。これがのちに、井上光晴や花田清輝《はなだきよてる》が編集長となった『近代文学』という小説の同人誌に繋がっていったのですが、『列島』はその意味で、戦後に花咲いた左翼的文化運動の最前衛であったと言えると思います。

『列島』に掲載された多くの詩が、社会への抵抗と労働者への共感を歌っているのはこのためです。

しかし、イデオロギー性の強い詩は、文学性の薄いものにならざるを得ないという傾向が顕著でした。しかし、だからと言って、そうした詩の中に、日本という社会の本質をえぐり出したような作品がなかったわけではありません。そのひとつが黒田の詩でした。

そして、黒田と比較的仲のよかった長谷川龍生も『パウロウの鶴』という詩集を出版し、詩を愛好する人々の強い共感を呼びました。

理髪店にて

しだいに
潜ってたら
巡艦鳥海の巨体は
青みどろに揺れる藻に包まれ
どうと横になっていた。
昭和七年だったかの竣工に
三菱長崎で見たものと変りなし
しかし二〇糎備砲は八門までなく
三糎高角などひとつもない

ひどくやられたものだ。
俺はざっと二千万と見積って
しだいに
上っていった。

新宿のある理髪店で
正面に嵌った鏡の中の客が
そんな話をして剃首を後に折った
なめらかだが光なみうつ西洋刃物が
彼の荒んだ黒い顔を滑っている。
滑っている理髪師の骨のある手は
いままさに彼の瞼の下に
斜めにかかった。

——長谷川龍生「理髪店にて」／詩集『パウロウの鶴』所収

理髪師が、サルベージを仕事にしている潜水夫の髭を剃っているというだけの光景を描写している詩なのですが、今読んでも、ドキドキしてしまうような緊張感が、行間に漲っています。

『列島』から『櫂』へ、「我々」から「私」へ

『列島』の、思想性が剝き出しになったような詩のありかたに疑問を抱いた人々がいます。茨木のり子と川崎洋は、同人誌『櫂』を作ります。彼らは、骨ばったイデオロギーではなく、「我々」ではなく、「私《わたくし》」を書くという手法で、詩に人間の温かく柔らかい血肉を与えようとしました。

戦後詩の歴史を振り返ると、『列島』があったから『櫂』が生まれ、茨木のみずみずしい感性と思想が、世の中に広くゆきわたったという一面もあったわけです。『列島』は今日、イデオロギー先行の、文学としてはいくぶん弱みを持った創作活動であったように評されることもあるのですが、その存在の意味を、当時の社会を俯瞰した上でもう一度見直す必要があるように思います。

どちらかと言えば荒地派の詩に流れているのは、保守主義のものの考え方でした。『荒地』の中で最も知られ、おそらく最も秀でた詩を書いた田村隆一の作品に漂う思想は、今日の目で見れば保守の姿勢です。『荒地』の本舗であるT・S・エリオットも保守思想のひとでした。その意味では、吉本隆明が、そのまなざしが社会や人々の日常というものに向けられている点で『列島』に近い思想と思いきや、『列島』には寄らず『荒地』に加わったのは興味深いことです。『列島』の活動は、まさに日本列島がまだ青年期にあるような、変革の希望に燃えていた時代を象徴していたと言えます。

日本社会は、朝鮮動乱による軍需景気、ベトナム戦争を経て、高度経済成長、所得倍増

計画により、『列島』の思想は必然的に萎《しぼ》んでいきました。日本は、資本主義の恩恵に浸かり、戦前の日本とはまるで違う豊かさを手に入れます。農村や山村、工場街の貧困は解消したかのようでした。いや、表面上はそう見えていく、そんな社会において、革命や資本主義打倒の必要やスローガンは消失し、豊かさの中で忘れられていくのは当然の時代の帰結のように見えました。黒田は、そうした日本社会の変貌を疑いの眼で凝視していました。そして、同時に、日本の農村に根強く残り続けている、因習や土着の思想を自らの、変革の苗代にしようとしていたのかもしれません。

黒田は自身が革命や農民運動といったものを信じながら、一方で多くの『列島』の詩人たちがやったように、イデオロギーをそのまま詩に書き込むことをしませんでした。革命思想と土着の思想という矛盾に引き裂かれたまま、日本封建主義の優性遺伝子（吉本隆明）と正面から対峙する作品を残そうとしたのです。冒頭でご紹介した「毒虫飼育」には、単純なイデオロギーでは捉えることのできない日本という国に重く堆積している反近代の生命力までもが表現されています。

「毒虫飼育」が描き出した世界

冒頭に紹介した「毒虫飼育」に登場するのは、自分と母です。

自分と母は、山形の寒村の土地を手放し、都会の四畳半のアパートで暮らしている。無職だった自分が仕事にありつき、母はいそいそと蚕を飼うと言う。30年前、自分が生まれたときの蚕の卵をとっておいたと言う。母の脳裏には寒村の暮らしが染みついている。戦前、この地に暮らす女たちは蚕を飼って絹にすることで生計の足しにした。桑の葉を旺盛に食べ尽くす蚕飼いは重労働だ。しかし、その風景にしか母は戻れない。母の記憶が都会の四畳半をむしばむ。母は緩やかに狂っていく。そして母の狂気が、自分の中に侵入してくる……。

日本のいわゆる田舎と呼ばれる場所に行くと、そこには自分たちが息をし、生きている近代化以後の日本社会とは異質な世界があることを肌で感じます。私のような都会で生まれ育った人間は、地方の前近代的な住居に一歩足を踏み入れるだけで、恐怖を感じることもあります。藁葺きの屋根、薄暗い土間、大きな仏壇、古くなった畳敷きの部屋。鴨居にかかる先祖の写真、納屋、牛や馬を飼う小屋や納戸、何百年もじっと動かないような沈滞した空気と足下から漂う土や藁の匂いを嗅いでいると、死者たちがまだそこに棲んでいるかのように感じられて押しつぶされそうになります。そこには、座敷牢があり、狂気があり、迷妄があり、牢固たる封建秩序がありました。それが土着の風景でした。それは、近代化以後の日本に確かに存在していたものであり、人々はその中で生き抜いてきたのです。近代化、都市化によって、かつての風景は覆い隠されているが、その風景の下で日本人に内面化されたものはなくなったわけではないのです。

黒田は、日本の寒村に生まれた自分自身にも潜む虐げられた農民たちの、うつむきながらため込む暗い土着の声に耳を傾けます。そして、その声を、黒田は革命へのバネにしようとしました。それは、あたかも、農民一揆を革命に転換するような、絶望的な夢だったのかもしれません。「毒虫飼育」の母は前近代であり、農村であり、迷妄であり、狂気です。しかし、革命を夢見る息子に「革命ってなんだえ／またおまえの夢が戻ってきたのかえ／それより早くその葉を刻んでおくれ」と諭す母の言葉は、革命だの、資本主義打倒だの、基本的人権、男女平等、個人の自由といった、近代以降我々が手にしているものの浅薄性を一瞬で暴き出してしまいます。日本の土着の生命力を前にするとき、近代的価値や思想はあまりにも軽く、無力です。黒田は、自らの革命性を鍛え直すかのように、その土着の原理を見つめ直し、辿り直します。

青菜を食む毒虫の微かな歯の音は、不気味に狭い室《へや》に充満します。自分は、震える手で、青菜を刻み続けるしかありません。その土着への隷従。そしてアメリカへの隷従。二重に隷従した日本という社会の苦渋が黒田喜夫という詩人に襲いかかってきます。

長谷川龍生は、黒田のこの詩についてこのように語りました。

「苦渋、苦悩というものを、これほど見事に描いた詩人はいなかった」。

しかし、正直なところ、誰もこのような苦渋を、詩に書き留めたいとは思わないでしょう。黒田の詩の前では、反抗の歌や、革命の希望さえ、お気楽な嘘くさいものに見えてしまうかもしれません。

地獄を見た者だけが、地獄からの脱出の抜け道を見つけ出すことができる。黒田の詩はそう語っているように思えるのです。

第6章 友部正人

倫理的な吟遊詩人

現代の吟遊詩人

吟遊詩人という言葉があります。けれども、現代の日本で、この言葉に該当するような人間を見出すのは難しいと言わざるを得ません。歌うたいはいます。詩人もいます。でも、吟遊詩人なんているのだろうか。文字どおりに解釈すれば、吟遊詩人とは、詩を吟じながら、辻裏を歩き回っているひとということになるのでしょうが、もし現代にそんなひとがいれば、変人扱いされるか、危険人物として通報されてしまうのがオチです。ただ、友部正人というシンガーソングライターであり、真正の詩人でもあるひとを見ていると、このひとこそ現代の吟遊詩人と呼ぶにふさわしいと思えてくるのです。この場合の吟遊詩人とは、現代においてはその形態ではなく、生き方を指す言葉です。

僕は今、阿佐ヶ谷の駅に立ち

電車を待っているところ
何もなかった事にしましょうと
今日も日が暮れました
あゝ中央線よ空を飛んで
あの娘の胸に突き刺され

これは、友部正人が歌った「一本道」という詩の一部です。

最初に、この詩に触れたとき、私は「こんな言葉を書けるひとがいるんだ」と、その真っ直ぐな言葉遣いに驚きました。その衝撃は、友部正人と私が同い年であったことも関係しています。1950年に生まれ、当然ながら私と同じ時代の空気を吸っていた彼でしたが、私が彼の詩に出会ったとき、彼はすでにフォークシンガーとして世に名前が出ていて、一方、私は何者でもない自分のまま、鬱々とした日々を送っていたと思います。

10代の後半からすでに頭角を現していた友部を、日常の中で不満を抱えながら鬱屈している自分と引き比べて、ウジウジしている自分が情けないような気持ちになったのです。私が特にこの歌に共感を覚えた理由のひとつは、この詩に出てくる阿佐ヶ谷駅のホームを私もたびたび踏んでいたからです。私は大学には入学しましたが、あまり講義には出かけないまま、卒業の年を迎えていました。大学に行かない分、喫茶店に入り浸って詩を書いたり、友人たちと文学や映画について語る時間だけは十分にありました。何かのきっかけで、映画青年だった友人のひとりが、日大芸術学部に通う学生を紹介してくれ、彼の卒業制作に出演することになりました。

彼の作ろうとしている作品は、ドキュメンタリーというか、主演の私が阿佐ヶ谷の町を彷徨し、そのうち自分がどこに向かって歩いているのか、自分がどこを歩いているのかわからなくなってしまうという実験映画でした。エンディングはよく覚えていないのですが、ある洋館のドアから室内に入り、そこで自分が映った大きな鏡の前に立つ。そのとき、自分が何者であるのかがわかった気持ちになるのですが、背後からもうひとりの自分がナイフを私の背に突き立てる。まあ、そんな訳のわからない内容のものです。

撮影は、夏に始まりました。私は白いシャツ一枚で町を歩きました。

ところが、夏の間に終わるはずの撮影が秋になっても終わらず、冬になりました。私は仕方なく、寒風の中シャツ一枚で歩きました。

出来上がった映画はあまり好評ではありませんでしたが、さまざまな場所で上映されました。その後、私は、友人の映画青年が作った別の作品にも主演しました。それは、『メメントモリ』という、シェイクスピアの『ハムレット』を題材にした映画でした。私は森の中の土盛りの前で屈み込み、頭蓋骨を手にとって有名なセリフを吐いたりしました。この作品は、寺山修司が主宰していた渋谷の天井桟敷館という劇場でも自主上映されました。

あの頃、というのは1970年代のことですが、8ミリ映画が隆盛で、才能を持つ映像作家が次々と刺激的な作品を作っていたのです。

大林宣彦の『EMOTION 伝説の午後　いつか見たドラキュラ』（1967年）、唐十郎率いる状況劇場の個性派俳優でもあった四谷シモンの『うたかたの恋』、寺山修司主宰の天井桟敷にいた萩原朔美といった作家たちの数々の映像は、新しい時代を先取りしているかのようでした。彼らは、既成の大手映画会社5社の作る映画の商業性を批判して、映画のための映画を作る熱意や意欲を若者たちに吹き込んだと思います。当時は、そのような映画青年、文学青年、音楽青年、政治青年が渋谷や新宿の路地裏に蟠踞《ばんきょ》していました。

私は映像作品に出演したものの、詩のグループに属していた人間で、感覚的で、奇天烈な論理を振り回す映画青年たち（当時はそんなふうに思っていたということです）の議論にはついていけないところがありました。映像や音など感覚的なものではなく、どこまでも論理や言葉で時代や世界と対峙したいと思っていたのかもしれません。私は言葉の人間でした。いや、楽器もできず、歌も歌えず、映画も作れない私には言葉しかありませんでした。多くの同時代の人々と語り合い、議論し、交じり合って過ごせたあの時代は、古希を迎えた年齢になって振り返っても、よい時代だったと思います。

詩を詩たらしめているもの

友部正人は、そういう時代の空気の中で、ボブ・ディランを聴き、自作の歌を歌い始めます。1972年に『大阪へやって来た』でレコードデビュー。私が最初に知ったのは、フォークシンガーとして舞台の上で活躍する友部でした。

表現をするということは、当然それを誰かに認めてもらうことを目指しているということです。誰もが、どこかに自分に共感し、認めてくれる他者がいるはずだと信じたいわけです。そう思わないと、何の役にも立たないような表現活動を続けてゆくことなんてできません。そういう若者たちが五万といて、その中のほんの一握りが、時代の先駆者として注目され、光が当たる。私は詩を書く名もない若者のひとりであり、同い年にしてすでに名の知れた友部は、私にとって嫉妬の対象であると同時に、憧れの存在でもありました。

ところで、今でも同じように言われるかどうかはわかりませんが、フォークシンガーがNHKの「紅白歌合戦」に出演してはだめだ、恥だと言われる時代がありました。さだまさしが紅白に出たのもずいぶん後年になってからでしたし、吉田拓郎も何度もオファーがあり、やむなく1994年に出演したきり、その後は出ていません。

フォークは反権威主義的であり、NHKという権威にひれ伏すのは恥ずかしいことのようにシンガーもファンも思っていたと思います。

ところが、成功するとは、権威に認められるということでもあります。自分の表現を認められたい、けれど認められたら終わりだ。そんな自己矛盾を当時の表現者は抱えていたわけですね。ですから、この矛盾に対する答えは、反権威主義の人々から認められる、支持されることを目指すということになります。

1960年代の学生運動が盛んな頃から活動を始めた友部もまた、権威から距離を置いた友人たちと集い、歌を歌い始めたのでした。

友部は優れたフォークシンガーでしたが、友部が歌う歌の歌詞は、まちがいなく現代詩作品でした。

さきほど紹介した「一本道」という詩も立派な作品だと思います。

一方で、同じ中央線をこんなふうに歌うコマーシャルソングがありました。


♪まあるい地球の山手線、まんなか通るは中央線……


このコマーシャルの歌詞と友部の描く中央線の違いの中に、詩を、詩たらしめているものがなんであるのかを知る答えが潜んでいます。友部の詩の言葉の中には、その時代を彷彿させる風景と、その風景から疎隔され、さまよいながら孤独と闘っている青年の逼迫した心持ちが伝わってきます。破壊願望と言ってもよいような切迫感が、中央線を空中に飛ばせたのです。誰も、こんな奇想を言葉にすることはできませんでした。

友部の歌詞には、メロディがあって立ち上がるものではなく、詩として独立したものにメロディをつけて歌っているのではないかと思わせるものがあります。詩が先にあったのです。

友部の、完成度の高い歌詞に影響を受けたシンガーはたくさんいます。高田渡、井上陽水、さだまさし、中島みゆき、吉田拓郎……。吉田拓郎が、あるラジオ番組の中で「友部さんはどうしてあんな詩が書けるんだろう」と言っていたのを覚えています。

また音楽を離れた、詩の世界でも、多くの人々に影響を与えました。

友部の詩人としての評価は、谷川俊太郎が認めたことによって確立したとも言えますが、私が友部の姿を初めて見たのは、吉増剛造というモダニズムの詩を書く、今では詩の世界の重鎮となった詩人との舞台での共演でした。お互いに自作の詩を朗読するというイベントを客席で見ていた私は、友部のことを「このひと、詩も書いていたんだなあ」と思ったことを覚えています。つまり、この頃私は、友部はフォークシンガーであり、詩人としては認識していなかったということです。

その後、友部の詩を読み込むにしたがって、友部正人というひとが時代を証言する稀有な詩人のひとりであることがよくわかるようになってきたのです。

少し気をつけて友部の詩を読むと、彼が中原中也や山之口貘、金子光晴といった詩人から大きな影響を受けていることがわかります。アメリカン・フォークを代表するボブ・ディランが、アレン・ギンズバーグという詩人に強く影響を受けたように、友部もまた先人に影響を受けていました。

名乗れよ歳月

私が友部の詩の凄みを本当に理解できるようになったのは、ずいぶん後のことでした。

私が経営している隣町珈琲《となりまちカフェ》で木下弦二さんというシンガーがライブを行い、そのとき友部の歌を歌ってくれたことがありました。驚くべき歌でした。

それは、「六月の雨の夜、チルチルミチルは」という歌です。

六月の雨の夜、チルチルミチルは

六月の雨の夜　チルチルミチルは
空の鳥かご下げて死の国へ旅立った
ゆうべのままのこのぼくが
朝日をあびてまだ起きている

半ズボンはいたチルチルは
二人の子供のお父さん
そのチルチルにさそわれて
ミチルは生まれ育った町を出た

会話をとぎれさせまいと
わざと明るいお店を選ぶ
四人が作る沈黙の中で
六月の雨の池ができ上がる

六月の雨の通りを
今夜は歩く人も少ない
生ぬるくなったビールの中で
雨がポチャリと音をたてる

ポケットの中の車のキーを
まるっこい手で握りしめながら
車をホテルに預けてきたからと
ミチルにかんじょうを払わせる

もう会えないと思うからと
ぼくに一曲うたわせる
それほどよくはうたえなかったのに
最高最高とチルチルは言う

もしも死にに行く人にならば
いい思い出だけにはなりたくない
そう思いながらも手を振って

黒い車を見送った

知らないことでまんまるなのに
知ると欠けてしまうものがある
その欠けたまんまのぼくの姿で
雨の歩道にいつまでも立っていた

六月の雨の夜　チルチルミチルは
空の鳥かご下げて死の国へ旅立った
ゆうべのままのこのぼくが
朝日をあびてまだ起きている

知らないことでまんまるなのに
知ると欠けてしまうものがある
その欠けたまんまのぼくの姿で
雨の歩道にいつまでも立っていた

——詩集『空から神話の降る夜は』所収

という部分に、この詩人の立ち位置が見事に表現されています。歌の歌詞として聞いても、これは心に残るフレーズです。この歌を聴き、この詩を味わったとき、私は50年前とはまるで違う感覚で、友部の詩と対している自分に気づきました。

最初に、友部正人を知ってから、50年という時を経て、友部の歌、友部の詩は再び私のもとにやってきて、50年前には気づきもしなかったこの詩人の詩心に触れることになったのです。

50年前の私がどんな気持ちで日々を送っていたのかについては、ほとんど覚えていないというのが正直なところです。ただ、その頃、私にとっては手の届かない憧れの詩人がいたことは、はっきりと思い出すことができます。

佐々木幹郎という詩人でした。40年が経ち、私は知人である鷲田清一さんに「佐々木を紹介するよ」と言われましたが、そのままになり、その10年後、ひょんなことから佐々木幹郎さんと出会うことになりました。

２０１８年、『望星』という雑誌に詩の特集をしましたが、その折に佐々木幹郎さんに詩を書いてもらい（『望星』２０１８年10月号）、3年後には小池昌代さんと佐々木幹郎さんと私の鼎談が実現しました（『望星』２０２１年11月号）。

佐々木さんと会いながら、私は50年という月日が何だったのかを考えていました。ひとつの言葉が、50年の長きにわたって、私の中に残り続けていることに感慨を覚えます。そして、それ以上に、その言葉に50年前とは違う意味が付与されていることに、驚きを覚えるのです。私は、ひとつの詩の言葉を理解するために、50年間もの経験を積む必要があったということでしょうか。

佐々木さんは、作品の中で「名乗れよ歳月」と書いていたのです。

あの頃、私が夢中になっていた詩の世界、その世界で脚光を浴びていたひとと50年経って出会い、出会ってみると、そのひとも私と同じように50年の月日を過ごし、同じように老いている。そう考えると、この「名乗れよ歳月」という詩の言葉は、初出のときとは違う光彩を放ち始めるのです。

私が責任編集をすることになった2021年の『望星』には、友部正人さんにも詩を書いてもらいました。それはこんな詩です。

あの声を聞いて振り返る

横浜でかいた汗が
新幹線で冷えて
仙台で塩となる
横浜よりいくらか涼しい仙台では
その塩はぼくの勲章だ
塩の勲章をつけたまま

ぼくは仙台駅から車に乗った

車が着いた南三陸の
骨格だけが残ったその建物に
ぼくは体をなくした人の声を聞いた
体をなくして声になりなさい
体をなくした人は海を見ながら
ぼくにそう言った

人には体を土に埋める習慣があるのね
だけど声を穴に埋めてはならない
何も持たずに帰りなさい
夕日は車では運べない
橋を渡るときまたあの声を聞く
あの声を聞く
あの声を聞く
あの声を聞いて
振り返る

海の底を歩いているようだ
起きても眠っているようだ
海岸線に扇風機を並べてる
波の高さは十メートルだ
ぼくたちは悪い夢を見ているんだね

――『望星』2021年11月号所収

この詩は2011年3月11日に起きた東日本大震災による津波に襲われた南三陸に、友部が惨事のあと立ち寄ったときのことを書いています。扇風機の並ぶ海岸線とは、そのとき事故が起こった福島第一原発を指しています。何度も聞こえるあの声は、あの東北の暗い海から聞こえてくる死者の叫びです。

横浜でかいた汗が
新幹線で冷えて
仙台で塩となる

この冒頭の3行は、これからも私の身体の中に残り続けるだろうと思います。リアリティがあり、それでいて神聖さを帯びている大変印象的な言葉です。

友部はまさしく50年間詩人であり続けました。そして、気がつけば、私が辿ってきた道が、友部のそれと50年を経て交錯していたのです。

あの声を聞いて振り返る友部と同じように、私もまた震災のあと、何度か被災地に出向きました。被災して、仮設住宅に暮らす人々に笑いを届けたいという気持ちもあって、友人の会社社長とともに何度か落語会を開催したのです。

津波で何もかも破壊された宮城県閖上《ゆりあげ》を訪れた日、私は、遥かに沈んでゆく夕日の中で、死者を弔う小さな土盛りの上に立ち、どこまでも続く荒野の光景を眺めていました。そのとき、私の背後で、おそらくはご自分の息子を亡くした方が、その名前を叫んでいるのを聞いたのです。

あの声を聞いて振り返る

友部のこの詩を読んだとき、あのときの情景がありありと浮かんできたのです。

第7章

清水哲男と清水昶

際立つ個性が描いた双曲線

青年期の鬱屈、独特の言葉遣い

兄弟である清水哲男と清水昶《あきら》は、ともに私にとって忘れることのできない詩人です。哲男は、1938年生まれ、昶は1940年生まれ。

東京に生まれたふたりが進学したのはともに関西の大学でした。哲男が京都大学、昶は同志社大学に入学します。

彼らが大学生だった時代は1960年代であり、学生運動の時代でした。この時代の多くの知的な学生同様、ふたりも、学生運動に身を投じます。そして、青年期のみずみずしい感受性で、自分たちの心に浮かび上がってくる風景を詩の言葉に変えていきました。

まずは、清水昶の「少年」という詩から紹介しましょう。

少年

いのちを吸う泥田の深みから腰をあげ
鬚にまつわる陽射しをぬぐい
影の顔でふりむいた若い父
風土病から手をのばしまだ青いトマトを食べながら
声をたてずに笑っていた若い母
そのころからわたしは
パンがはげしい痛みでこねられていることを知り
あざ笑う麦のうねり疲労が密集するやせた土地
おびえきった鶏が不安の砂をはねながら
火のように呼ぶ太陽に殺《そ》りあがる一日の目覚めに
憎しみを持つ少年になった
たぶんわたしは暗さに慣れた
太陽を射《う》てまぶしい対話を潰せ
しずまりかえった夜こそがわたしの裸身の王国であり
梟のようにしんと両眼を明けるわたしの

その奢る視界であえいでいる母
残酷な痛みのなかで美しい母ににた
神に従《つ》く少女を愛し
因習しみつく床に膝を折る少女の
闇夜をひらく眼の一点に
迷い星の輝きを見た
どこへ行こうとしていたわけでもない
なにを信じていたわけでもない
ひややかな口づけは花やいだ世界を封じ
たゆたう血潮を閉じこめるひとつの夜に
息をひそめて忍んでいくとき
初潮のように朝が来る!
生活の鬚を剃り落とすたしかな朝
きれいなタオルを持った少年は
わたしの背後にひっそりとたち
決してふりむくこともなく老いるわたしを
いつまでも
待ちつづける

——『少年　清水昶詩集 1965~1969』所収

兄弟ふたりとも「ノッポとチビ」という京都の詩の同人の会に属していました。詩壇に登場するのは、昶が先でした。『現代詩手帖』という詩の雑誌がありますが、この雑誌に昶の詩が掲載されます。独特な言語感覚を持つ若き詩人の登場として話題にもなりました。私も、兄の哲男よりも先に、昶の存在を知りました。

1970年当時、渋谷の宮益坂をのぼったところに、中村書店という有名な古書店がありました。まだあるのでしょうか。この古書店は詩の本がたくさんあるところとしても有名で、私もよく通っていました。

あるとき、表紙に機関車の銅板がはめ込まれている詩集が目に留まります。それが、さきほど紹介した詩を含む『少年』という詩集でした。

現代の読者は、この詩を読んで、どんな印象を持つでしょうか。

当時の私は、昶の詩は、自分が表現したくともできなかった、青年期の鬱屈を見事に表現していると思いました。そして、彼の詩の独特の言葉遣いに強い影響を受けたのです。当時、私と盟友の内田樹は、他の数人の仲間と詩の同人誌を作っていました。出来上がったものを清水昶に送ったことがあります。丁寧なお返事をもらいました。その中に、「新鮮な活動をしているように見受けました。これから、どれだけ単独に耐えていけるのかが、貴方たちの課題でしょう」と書かれていたのを覚えています。青いインクで、太い独特な字で書かれた「単独」という言葉が意味するところのことを、私は今もなお探し続けているかもしれません。

情念のパン、即物的なパン

昶の詩は苦しい詩です。孤独の詩です。屈託している。ですから、読む方も苦しい。彼の詩に強く惹かれながら、自分の中にある感情を鋭いナイフで切開され、それが昶の描く観念的な言葉の世界に縫合されていくような息苦しさも抱きました。そうした苦しさを和らげてくれたのが、兄である哲男の詩でした。

たとえばここに挙げた昶の詩には「そのころからわたしは／パンがはげしい痛みでこねられていることを知り」という一節が出てきますが、兄の哲男の詩に出てくるパンは、「はげしい痛みでこねられた」情念の味のするようなパンではなく、朝の光の中で、それが一番美味しくなる瞬間に向けて静かに老け込んでいく即物的なパンです。どちらの詩も生への「決意」を促すモチーフとして登場するパンですが、兄のパンに食欲はそそられたとしても、過剰な思い入れは感じられません。

寝がえりをうつほどの
深い色に
食卓の上を染めて

老いこんでゆくパン
かすかなしわぶき
車のひびき
夏休みのはじまった朝
パンを焼く匂いのなかで
ぼくは猛然と
単純な夢の退路に
鋭いナイフで挑戦する。

——「パン」より抜粋／詩集『MY SONG BOOK 水の上衣』所収

哲男は、『スピーチ・バルーン　清水哲男詩集』（思潮社、1976年）で、アメリカ漫画に出てくる吹き出しのような言葉で詩を書きました。明るく、日常の言葉を使いながら描き出した世界ですが、そこに浮かび上がるのは、光と同時に、色濃く現れた影でした。こうも言えるかもしれません。油断していると見逃してしまいそうなほど自然に、影が描き出されているのです。

彼の仕事は多彩で、ラジオのパーソナリティもすれば、軽いタッチの評論も書きましたが、特におもしろいのは、人物評です。詩人を評したりする中に、タレントや女優評もあり、ユーモラスな視点で書かれています。また、チャーリー・ブラウンや鉄腕アトムなど、漫画の主人公たちを詩に描いたりもしました。彼は、私より10歳ほど年上にもかかわらず、パソコンを早くから使いこなしていました。詩人は手書きにこだわるひとが多く、パソコンで詩を書くひとは、小説をそうして書くひとよりもずいぶん後から生まれていたように思いますから、時代の空気や波をいち早く感じ、取り込むことのできたひとだったと思います。

行間に語らせる

私は一度だけ、清水哲男さんとお会いしたことがあります。10年ほど前のことになりますが、知人の紹介で、当時私が経営をしていた「ラジオデイズ」という音声コンテンツのダウンロードサイトの番組に出てもらうために、渋谷の喫茶店で待ち合わせをしました。

哲男さんは、若い頃からアトピー性皮膚炎を発症し、象のような硬い皮膚をしていました。そのことは知っていましたが、直接会うとさすがに驚きました。若い頃、皮膚を掻いて血が出たところに白い包帯を巻く、包帯が風になびく、その姿が学生運動の仲間の間でも目立ち、独特の雰囲気を醸していたとのことです。しかし、そうした見かけが与える印象とは裏腹に、彼の人柄はとても温かく魅力的でした。温厚で気さくな人柄に私はすぐに惹かれました。

作品社が発行している『日本の名随筆』シリーズ別巻3（「珈琲」）は、清水哲男さんが編集をされています。そこにご自身でも「インスタントのことなど」という魅力的なエッセイを書いています。この日のラジオ番組では、哲男さんにご自身のエッセイを朗読していただくのが狙いでした。スタジオでの収録後、コーヒーを注文しましょうかと尋ねると、「僕は、インスタントコーヒーが一番好きなんです」と言われて、ご自分でインスタントコーヒーを作ってスプーンでかき回していました。

このときの収録が、「ラジオデイズ」にアーカイブされているので、機会があればお聴きいただけると幸いです。

さて、そのときもうひとつ印象的な話をしたことを覚えています。当時、清水哲男さんは仲間の詩人たちと俳句の結社を作っていたのですが、私が「詩人が作る俳句ってどうなんですか」とお聞きすると、「いや、みんな下手くそでね。どうしても言い過ぎちゃうんですよね」という言葉が返ってきたのです。

そういえば、哲男さんの詩には、ちょっと俳句味があって、一番大切なことは行間に語らせるといったところがありますね。

古い写真が出てきたよ

そのひとは腕を組んでいる
そのひとは薄荷菓子を噛んでいる
そのひとはこちらをむいて笑っている

（そのひとは七歳だ）
そのひとは影を曳いている
その影は庭草の上でふるえている
その庭草のあたりで、翌年ネコが死ぬ
（そのひとは七歳だ）

そのひとは神さまを信じている
その神さまはそのひとを助けないだろう
そのひとは笑いながら神さまとともにいる
（そのひとは七歳だ）

そのひとは私ではない
私ではないけれど
私もそのひとと同じだったことはある
（そのひとはいま、三十八歳だ）

――『野に、球。清水哲男詩集』所収

部屋の片づけをしているときなど、古いアルバムが出てきて、思わずその写真に見入ってしまう経験は誰にでもあるでしょう。7歳のときの私に、38歳の私が対面している。このことの感慨を、短い詩句によって見事に表現しています。まことに、魅力的な作品です。

精神の中の劇

さて、この稿の締めくくりにはどうしても、この詩に登場していただかなくてはなりません。私が最も好きな詩「短い鉄の橋を渡って」です。

短い鉄の橋を渡って――佐光曠に

短い鉄の橋を渡って
私が出発したとする
激流からの距離が
磁石が鉄をひくように
私の悲しみの位置を定めたとする
片手には火の縄梯子
ポケットには氷の拳
それで全部だったとする

だから歩きながら残していくものは
一陣の風や歎き節で
希望と憤怒からははるかに遠かったとする
世界が避雷針のような焔に
刺しつらぬかれる時も

――「短い鉄の橋を渡って――佐光曠に」より抜粋／詩集『MY SONG BOOK 水の上衣』所収

多くの詩が、「～だ」「～である」という言い切りの形（カントの言う定言命法の形）で書かれているのに対し、この詩は、「～だとする」という、仮定の言葉（仮言命法）で始まります。清水哲男がこの語法を使っているのは、この作品だけです。

過去に、同じような語法を使った詩人がいなかったわけではありません。たとえば、日本浪曼派の詩人、伊東静雄の絶唱とも言える「わがひとに与ふる哀歌」の冒頭は、次のような印象的な書き出しで始まります。

太陽は美しく輝き
あるひは　太陽の美しく輝くことを希ひ
手をかたくくみあはせ
しづかに私たちは歩いて行った

――「わがひとに与ふる哀歌」より抜粋／『詩集　わがひとに与ふる哀歌』所収

2行目が、1行目を否定し、太陽の輝きが作者の希《ねが》いであることを印象づける語法です。この最初の2行で、伊東静雄は、この作品が叙景的なものではなく、純粋に精神の中で起きた出来事であることを伝えています。

清水哲男の作品における「〜であるとする」という語法も、同じ効果があることがわかります。これは、叙景的なものではなく、精神の中の劇なのです。この奇妙な語法によって、読者は「短い鉄の橋を渡った」作者の体験談を聞くのではなく（実際作者も橋を渡ってはいないのです）、作者である清水哲男と一緒に、短い鉄の橋を渡るという脳内体験に誘われるわけです。

この詩には単なる技巧を超えた切実さがあります。この詩に登場する短い橋を渡る「私」も「君」も、反政府主義の運動者でありながら、また一面では普通の生活者であるという引き裂かれている存在です。そうした両義的な存在者として橋を渡ろうとしている。しかし、「世界が避雷針のような焔に刺しつらぬかれる時も」短い鉄の橋は昏《くら》いまま残り続けています。「短い鉄の橋」とは、何の暗喩なのでしょうか。おそらくは、革命や死、あるいは人生そのものなど、多様な読解が可能でしょうが、作品自体の中では、最後まで読者にそれを明かしません。

途中、少女の教室での、風に関する印象深い語りへと一旦転調します。その話を聞いたあと、「私」は読者とともにこんな感慨に到達します。

光を集める生活は
それだけ深い闇をつくり出すだろう

――「短い鉄の橋を渡って――佐光曠に」より抜粋

この印象的なくだりを私は忘れることができません。
そしてこの長い詩はこんなふうに終わります。

短い鉄の橋を渡って
私が出発したとする
悲しみのように
水の上衣を着こんで
もう一度君に出会ったとする
耳元をかすめるナイフのような希望
スープの皿に空《そら》がゆれる生活
水平線から機関車が轟いて来る恐怖
涙なしの接吻

雨の朝
他人の死
本をめくる音
血
それで全部だと考えるとする
だから君と私が残していくものは
短い鉄の橋で　それを
忘れることによって
渡りゆく者の運命は
よりいっそう高い所に残ると信じこむとする

――「短い鉄の橋を渡って――佐光曠に」より抜粋

私は、一番好きな作品は何かと問われると、必ずこの作品の名を挙げてきました。本書の冒頭に挙げた堀川正美の「新鮮で苦しみおおい日々」と並んで、私にとっては最も大切な詩であり、いつかこんな詩が書けたらと願っているのです。

第8章

北村太郎

敗者の直喩

観察者の詩

まず、この詩から。

小さな街の見える駅

蜜柑のように光る空、
うすい靄、午後五時の
ある高架線の駅。

ぼくはレインコートの襟を立てて
プラットフォームに立っている。ヘーリオスの弱い輝きのなかで

電車を待っている人々は、肩をすぼめ、
近い冬を怖れているようだ。

ぼくには、十一月の
始めての寒さがこころよい。一月は
かしこい花嫁のように、ぼくの靴音を聞きわけようとする。
十二月は、厳粛な未来！
なぜ人々は冬を怖れるのだろう？
貧しくても、ガスの焔が
揺れない部屋でも、それはいちばん
すてきな季節なのに。小さな悪や
緑の少年時代の経験は、水に鎖された
鏡に、美しくうつるだろう。

——「小さな街の見える駅」より抜粋／『北村太郎詩集』現代詩文庫61所収

詩人北村太郎は、一貫して観察者でした。
1975年に刊行された現代詩文庫61『北村太郎詩集』に所収のこの詩においても、北村はある高架線の駅に立って、冬を怖れる人々の様子を観察しています。そして、傍観者のように他者を観察し、自分自身をも観察しています。北村太郎は、観察するひとでしたが、積極的な観察者というよりは、自分を風景の中に紛れ込ませて隠すようにして、時代と自分の折り合いをつけているようなところがあります。

観察とは、何でしょうか。

物事や対象をよく見る。その実態や変化を客観的に注意深く見ること、と言えるでしょう。しかし、客観的に注意深く見る観察者にとっても、物事がどこまでも客観的に捉えられているかどうかという点ではかなり怪しいと言うべきでしょう。私たちはどんなに、注意深く、客観的になろうとしても、ついには自分なりの世界から、自分というフィルターを通してものを見るからです。その場合、自分というフィルターは目に見えず、意識の上にも上がってきません。

北村太郎の独自性は、観察する対象だけではなく、対象の手前で揺れ動く自分自身のフィルターを観察し、それを二重写しのように言葉に定着するところにありました。このフィルターこそが、北村の詩の文体であり、驚くことに他の同時代に活躍した詩人たちの言葉がほとんど自己模倣という形で錆びついていったのに対して、北村の詩の言葉は時を経てますます鋭角的になり、輝きを増していったのです。どうしてこんなことが起きるのか、私はそれをずっと不思議に思っていました。

未完成の詩人

『港の人』という詩集に収められた詩を読んでみましょう。

31

手帳に書いた予定の日が
かならず来る
世の中に
これくらい恐ろしいことはない

それにしても
ずいぶん手帳がたまった
書かれているのは
愚行と感傷の涎
去年の一冊をぱらぱらめくる
生活費の計算や
なぜかわからないが
華氏を摂氏に換算する公式など

数字もいくらか記してあるが
ひどい手だ　ほかに
曲線や六面体らしい図もあるが
まったく意味不明
手帳を閉じて
四月なのに
まだ少し寒い夜の台所へ

――「31」より抜粋／詩集『港の人　付単行本未収録詩』所収

この詩でも、北村は自分の生活と、その生活をもたらした自分自身を観察しようとしています。

戦後に書いた、「センチメンタル・ジャーニー」という作品では、荒れ果てた町を放浪し、うすぐらい部屋で孤独に浸り、結局どこにいても居心地の悪い自分という存在の意味を探す言葉を書きつけました。

滅びの群れ、
しずかに流れる鼠のようなもの、
ショウウィンドウにうつる冬の河。

私は日が暮れるとひどくさみしくなり、
銀座通りをあるく、
空を見つめ、瀕死の光りのなかに泥の眼をかんじ、
地下に没してゆく靴をひきずって。
永遠に見ていたいもの、見たくないもの、
いつも動いているもの、
止っているもの、
剃刀があり、裂かれる皮膚があり、
ひろがってゆく観念があり、縮まる観念があり、
何ものかに抵抗して、オウヴァに肩を窄める私がある。
冬の街。

——「センチメンタル・ジャーニー」より抜粋／『北村太郎詩集』現代詩文庫61所収

先に引用した詩においても、北村は、自らの生における行いや思いを「愚行と感傷の涎」と書いています。北村太郎の詩が、他の同時代の他の詩人のように、自己模倣へ陥らなかった理由のひとつがここにあります。北村は常に、未完成の詩人として己を認識し、一度も自らの作品に満足したり、作品から祝福されたりすることがなかったのではないでしょうか。だからこそ、常に自分が何かを見落とし続けている、何かを欠いているという思いを

抱きながら、身の回りのありふれた現実を観察し、自分自身を観察した。その結晶のようなものが、詩の言葉として残っていったように思えるのです。

詩人というのは、どんな優れた詩人であれ、その活動期にはどうしても限りがあり、あるときが過ぎると、自己模倣、自己再生の詩を書くようになってしまうところがあります。しかし、北村は模倣する確たる自己を持たなかった。自分に自信がないというよりは、いつも不安定で、揺れ動く自分に手を焼いていた。

彼の詩は、新聞社の校閲部に勤務していた時代から、会社を辞め、独立し、離婚、田村隆一の細君との恋愛、三角関係といった50歳を過ぎる時代まで引き継がれていきます。晩年になるほど詩作も文筆も旺盛になり、彼独特の、揺れ動く自己を観察する詩を書き続けることができました。

もしかすると、観察は彼の手法であるだけでなく、観察こそが北村太郎という人間の個性であったのかもしれません。

対して、田村隆一は、戦争を生き残った若者として、社会に対する鋭い批判のまなざしを詩に投じました。その、類いまれな言葉の鮮度によって、時代を代表する詩人であると、誰もが認めざるを得なかったのです。しかし、戦後、日本経済の発展につれて、戦争の記憶が風化してゆくにつれて、田村自身の中の時代に対する批判の動機も希薄になっていきました。時代と詩人の関係が変わってしまったのです。言葉は変わらず巧みでしたが、言葉の鮮度は失われ、私にとっては、彼の晩年の作品の印象は、手だれの芸事を見せられている印象でした。そこにあったのは時代に対する鋭い批判というよりは、巧みな自己模倣に見えたのです。

鮎川信夫もまた、モダニストとしての自己を規定し、戦地で亡くなった友人たちの「遺言執行人」として自分を位置づけた詩を書きましたが、時代の変化の中では、当初の立ち位置を演じ続けることが難しくなったように思います。彼の詩も、初期の頃の輝きは失われていったように思えます。

田村や鮎川といった戦後詩を立ち上げ、主導した青年たちが、もはや青年ではなく、大人になったとき、北村太郎だけは青年期から脱皮できぬまま、年齢だけが大人になってしまったような印象です。

このことが示しているのは、詩人と時代（あるいは社会）との関係こそが、詩の言葉に決定的な影響を与えるということです。時代との緊張関係が希薄になれば、その分、詩の言葉のテンションも低下してしまいます。北村太郎の詩が色あせない理由は、戦後まもない時代から、その死の間際まで、常に自分自身に対する緊張関係、つまりは違和感といったものを手放さなかったことかもしれません。自らそうしようと思ったというよりは、やむを得ず、そうするよりほかはなかったのでしょう。

欠落の感情

戦後の混乱期を生きた多くの詩人たちにとって、政治や思想は詩のテーマと切り離せないものでした。新しい時代に対する過剰な期待と失望が、独特な高揚感を漂わせる詩を生み出していきました。しかし、それらの作品は、時代の変化とともに、風化してゆく宿命のうちにありました。

そんな中にあって、北村太郎という詩人は、ひたすらに、内向化し、自分自身の存在に対する違和感、社会からの疎隔感を詩の言葉にしてゆきました。あるいは、こうも言えるかもしれません。他の詩人が、青年期特有の生の過剰によって詩を書いていたのに対して、北村にあったのは確かな存在感の欠落であった。

その自分自身が感じている欠落の感情こそが、自分が限りなく透明になれる場所に立つことを選ばせ、声を潜め、独り言のような言葉で、北村は詩を書いたのです。そして、その欠落の感情が紡ぐ言葉は、時代を超えて、敗者として生きている人々にとって普遍的な言葉として受け入れられました。

北村太郎は1992年、69歳で亡くなってしまいますが、彼の詩は、現在に至るまでその輝きを失わずに、多くの読者を惹きつけています。私は、詩をあまり読まないような若いひとたちにも、北村太郎の詩を味わっていただきたいと強く思うのです。

これから引用する詩は、他の荒地派の詩人たちが詩を書かなくなった時代になってもなお北村が書き続けてきた比較的新しい作品です。

直喩のように

いっぱい屑の詰まった
屑箱をあけたあと
初めてそこへ投げ捨てた紙がたてる
音のように
さわやかな冬の朝

鳥が
悠々と空に舞いながら
ふっと静止するときがある
そのとき
鳥は
最も激しいことを考えているのだ

――「直喩のように」より抜粋／『おわりの雪　北村太郎詩集』所収

悠々と空を舞っている鳥が、ふと、静止する瞬間があります。

北村は、それが鳥が最も激しいことを考えている瞬間なのだと感じます。

読者は、「直喩のように」というタイトルから、この鳥の静止が何かの直喩なのだろうかと思うでしょう。私には、それこそが詩人北村太郎の人生そのものの喩《たと》えであるかのように読めます。

他の活動的だった『荒地』の詩人たちに比べれば、北村太郎は常に誰かの背後に隠れ、控え目な態度を崩さなかったように思われています。北村は、自分を「静止する鳥」に仮託しているかのようです。

世界との圧倒的な距離

28

ジンチョウゲがにおう
狭いコンクリートの坂道を下りるとちゅうで気がつく
夜
空は曇っていて
懐中電灯だけをたよりに

砂利が見えるほどの大きなひび割れがあって
それが
光の輪のなかに

つんのめったらたいへんだぞ
うしろからだれかが来る
こちらはゆっくりとしか歩けないから
足をとめて
さきにいかせる

だれだろう?

懐中電灯を空に向けたってなんの意味もないのに
そうしてしまう
死とは固有名詞との別れであり
人名よ、地名よ
さようなら、ってことだ

ちょっとあの世にいる気分になれたな、とおもう
いいにおいもしたし

——詩集『港の人 付単行本未収録詩』所収

この作品は、盟友の鮎川信夫が北村のアパートを訪ねた帰り、急な坂道で止まれなくなったという話を聞いて書かれた作品です。ジンチョウゲは、死の匂いです。鮎川は、この出来事のあった後日、まるで急な坂道を転げ落ちるように死んでしまいました。戦中に死んだ仲間たちに遅れて生き残ったように、ここでも北村は生き残ってしまいます。北村太郎は、ゆっくりとしか歩けませんでした。生き残る者とは、それだけ多くの「死者」と向き合うということでもあります。

朝の鏡

朝の水が一滴、ほそい剃刀の
刃のうえに光って、落ちる——それが
一生というものか。不思議だ。
なぜ、ぼくは生きていられるのか。曇り日の
海を一日中、見つめているような

眼をして、人生の半ばを過ぎた。

――「朝の鏡」より抜粋／『北村太郎詩集』現代詩文庫61所収

これは、北村太郎の絶唱だと思います。ほそい剃刀の刃の上で光がこぼれ落ちる。このイメージこそが、北村太郎の人生の直喩なのです。

最後に、北村太郎の詩についての思いを語った詩を紹介しましょう。

詩人という人間の生涯が、どれほどの孤独を抱え込むものなのか、世界との悲しいほど圧倒的な距離さえもがひとの心を打つことを、この詩は教えてくれています。

1

いま
1と書いた
この悪の花は30で終わるはずである
一日は
鳥たちの声で始まる
そのように

詩が始まったら何とすてきなことだろう
むろん
そんな時代は終わってしまったのだ

詩を何千行
何万行書いたとしても
どれほどの意味があるのかと思う
まして散文など

ゼロ？

けさ
新聞の外電面を読んでいたら
某国の新聞には
テロ死亡者という固定のコラムがあって
毎日、数字が出ていると報じていた

一日の終わりを

鳥たちは
沈黙してしまうことだけで示す
詩は一日中ひらいている死の目ゆめの目

——「1」／詩集『悪の花』所収

第9章　下丸子文化集団

工場の町に生まれた詩

詩を書く文化集団の形成

戦後詩のひとつの大きな潮流であった「荒地派」と呼ばれる詩人集団には、田村隆一、鮎川信夫、黒田三郎、北村太郎、三好豊一郎、中桐雅夫、吉本隆明といった才能豊かな詩人が集いました。

彼らは、戦争によって歪み、閉塞し、孤独になった自身の魂を詩に歌いました。しかし、彼らはそれを直接的な政治的な言葉では語りませんでした。かといって、詩歌の伝統的な美意識からも慎重に距離を置いていたのです。

戦前から、特に日本の詩は、抒情詩が主流であり、「四季派」というグループに分類される堀辰雄、立原道造などが詠った美しい情景に溶け込む心情の発露としての詩に人気が集まりました。日本には、社会や政治から孤絶した場所で詩が書かれてきた文化があったわけです。

荒地派の詩人たちは、そうした日本の伝統的文化に対抗する視点、つまり、戦争を経験した人間の生々しい傷を抱え込んだまま、社会と緊張感を持ったまま生きる詩人の視点から言葉を紡ぎ出していったと言えるでしょう。

こうした荒地派の業績の一方で、自らが経験した戦争に向き合い、戦後の社会に深くコミットする詩人たちがいました。詩を社会変革のための手段として、政治的な違和感や権力に対する反抗の言葉をストレートに書き込んでいった詩人たちです。彼らは、日々の労働のはざまに、詩作を通して、自分たちの手で新しい社会を作っていこうとしたのです。

そうした流れを牽引したのが、谷川雁が開いた「サークル村」です。

谷川が有志とともに、九州の炭鉱地で鉱夫などの労働者たちを集め、主に詩を書く文化集団、サークル村を形成したのが、1950年代の終わりでした。

しかし、この動きは突然起こったわけではありません。それ以前に、サークル村の前身のような存在が日本全国に誕生したこと、特に、東京の南部、戦前から形成された京浜工業地帯の工場街で働く労働者に発した豊かな文化活動がありました。

そのことに触れる前に、少し歴史を復習しましょう。

1930年代に始まる大陸や東南アジアへの侵略戦争、アメリカとの太平洋戦争を経て、日本は1945年に敗戦を迎えます。

焦土と化した東京が、都市として復興していった時代は、戦後復興期、高度経済成長時代と呼ばれ、激動の混乱期でもありました。しかし、それがどんな時代であれ、そこには汗水流して労働し、食い、装い、語り合い、歌うという、変わらぬ市井の人々の暮らしがあったわけです。もちろん、生活の質も、食べる物も時代とともに変化しますが、人々の生活の根本には生き延びるための不変の知恵が息づいています。

戦時から戦後へと日本の情勢の変化に伴って生活者の実質的な生活の様態は不変でも、人々の思想や、価値観といったものは大きく変化してゆきます。お国のために死ぬのが当然だった軍国主義から国民主権の民主主義へと時代が大きくシフトしてゆく中で、人々の価値観、考え方も、自由主義を謳歌するそれへと変化を遂げ、社会の進歩や経済の拡大は驚くほどのスピードで進展してゆきます。

そうした情勢の中において、戦後の動乱期の国や世界の動きの縮図とも言える複雑な状況にあった地域があります。それが、さきほど紹介した南東京に位置する京浜工業地帯の一角、下町の工場街でした。

戦後5年に生まれて

私は同じ大田区の工場の町で1950年に生まれました。戦後5年という年です。

両親は、池上線の千鳥町駅に部品工場を営んでいました。家は工場に連接していましたので、工場もまた私の家であり、働く工員さんたちも家族同様でした。

私は生まれてからずっと鉄のにおいと旋盤が回る音の中で育ちました。

高校は、武蔵小山にある小山台高校に通うようになりました。

千鳥町から武蔵小山駅には、直通電車がありませんので、目蒲線（現在は多摩川線と目黒線に分岐しており、目蒲線という路線名はない）の下丸子駅を利用していました。

下丸子には、小学校時代からの友人、内田樹が住んでいたことをいろいろなところで書いているので、もしかしたら読者の中にはこの地名を知っている人がいるかもしれませんね。

余談ですが、小山台高校は、旧制八中と呼称されたナンバースクールで、筑紫哲也や声優の熊倉一雄、政治家の菅直人といった人が出た、蛮カラな校風の学校でした。

下丸子の戦前の風景は、小津安二郎が撮った『大人の見る繪本　生れてはみたけれど』に映っています。目蒲線と池上線が乗り合う、東京の中心から少しはずれた町には、まだのどかな風景が広がっていました。

その下丸子には、戦前から大きな工場が立ち並んでいました。そのひとつ、三菱重工業の工場は、多摩川土手のすぐ下にありました。

戦後、財閥解体により三菱重工業は解体され、東日本重工業と名前を変えます（その後、再び三菱を名乗ります）。そして、戦争直後に始まった朝鮮半島の動乱に加担するアメリカの軍管理工場となり、戦地のトラックや戦車を作っていたのでした。

北朝鮮による侵攻がきっかけとなる朝鮮動乱（朝鮮戦争とも言う）が始まったのは1948年です。第二次世界大戦が終わった1945年、日本の降伏により朝鮮半島の統治が終わる直前に、ソ連が半島北部への侵攻を始めます。終戦と同時にアメリカはソ連に対抗して、仁川に上陸します。つまり、朝鮮半島は戦争の終結による日本統治からの解放と同時に、最も緊張の高まった東西両大国による代理戦争の場となり、事実上の分断統治が始まったのでした。

終戦直後、アメリカによる占領が始まったと同時に、日本は平和国家への道を歩んだかのように表向きは捉えられているわけですが、実際にはすでにそのとき、米国軍の下請工場のような形で、半島の戦争に加担していたことになります。

その一拠点が、東日本重工業の軍管理工場でした。

多摩川土手にあった東日本重工業の工場は、通称ＰＤ工場と呼ばれ、占領軍に管理されていました。

その風景を写し取ったこんな詩が、下丸子文化集団が発行した詩集の中にあります。

三菱下丸子工場には石の門がある
それがあつたとて
いまのところ、別に不思議はない
だが
そこにいる日本人守衛が
両足をふんまえ
黄色い鉄帽をかぶり

散弾銃をもち
右、左、そのうしろ、散開している
となると
朝
「お早う」そんな挨拶は出なかつた
俺は黄色い鉄帽をにらみつけ
ぐーっと番号札を出す
　　俺の手であろうか
　こんな手は俺の手ではない
いや、やつぱり俺の手なんだ
おれの手は
やせこけた俺の写眞のついた
三百三十三号　黄色の番号札
黄色の番号札を
黄色い影の男　守衛につきつけ
工場の正門を通りぬける

俺は仂きたい

人々に喜ばれる機械を作りたい
戦争に使われるものは作りたくない
だが
拳銃を下げて海を渡ってきた大男
そいつが俺をみはっている
兵器や兵隊をはこぶ自動車《クルマ》を作る
俺の手でつくる
作るのは俺の手であろうか
俺の手は罪人の手であろうか
　　こんな手は俺のものではない
　いや、やっぱり俺の手なんだ
俺は俺の手で自動車をつくる
俺の手は重い
午前十五分、午后十五分
昼休の四十五分にはタバコが吸える
だが
食事のための外出にも課長の印鑑がいる
俺はだまりつこくなり、はつきり人

をえらぶようになつていく
それでも
たつた一つあるもの
それは
どんな話でも話し合える仲間を
コツコツとさがすことなんだ
聞きおぼえのある声を求めて歩く
おれの足であるく
　　歩いてゆくのは俺だろうか
　　俺の足だ
　　たしかに俺の足なんだ
俺の足は軽い
ぐーっと日が傾くころ
どこからともなく集つた
蟻のような列は
ひとつ　ひとつ
両手をあげ
黒い頑丈な手で裸にされてゆく

やっとの思いで
石の正門を通りすぎたとき
ほんのちょつぴり
いきを吸い
俺の生活がはじまる
一九五一・一〇

――てらだ・たかし作／『詩集下丸子』第2集所収

ひとりの労働者の目が捉えた東日本重工業のＰＤ工場の様子です。あたりまえの工場風景の中に混じっている異様なものたちが緊張感を掻き立てます。

軍需工場がひしめく一帯

この詩人が属していた下丸子文化集団とはどんなものだったのでしょうか。1951年、工場の町下丸子に安部公房、勅使河原宏《てしがはらひろし》といった若きアバンギャルドな芸術家が集まり、文化集団として活発な活動を続けていきます。彼らが下丸子を選んだのには理由がありました。

下丸子一帯は、軍需工場がひしめいていたため、米軍の爆撃による被害が東京でも最も激しかった地域と言えます。それだけに戦後、占領軍に対して強い抵抗心が生まれ、解放を求める人々は終戦から1年後の1946年には、複数の労働組合を結成していました。

この地域のみならず、戦後、共産主義的な労働運動は全国で急速に高まりました。そうした事態に危機感を抱いた占領軍は1950年、朝鮮半島有事を機に、共産党を非合法組織とみなすことを発表。それによって、労働運動は公的に政治的な後ろ盾を失います。そうした中で始まったのがレッドパージでした。

レッドパージとは赤狩りとも言われ、思想的・政治的理由により労働者が働く権利を否定され、職場を追われることを意味します。レッドパージは、全国で行われました。

激しさを増す弾圧の中で注目を集めたのが、下丸子の東日本重工業の工場における抵抗運動でした。

1950年、レッドパージ通告を受けた労働者たちが、実力で工場に入門するという闘争を始めたのです。この抵抗により、下丸子は、下丸子周辺の労働者を鼓舞しただけでなく、全国における占領下の弾圧に対する抵抗運動の象徴となりました。それぞれの地域で、反戦ステッカーを塀や電柱に貼ったり、「詩のビラ」を配ったりしたのです。「原爆を許すまじ」を作詞した浅田石二《あさだいしじ》は、星野秀樹（後述）のこんな詩が書かれたビラをまきます。

五人を
工場へスクラムでおくりこもう。
「平和」と「自由」を

スクラムの足なみ
たかまる胸のこどうとともに送りこもう。

爆音におびえ
監視の目におびえる
息苦しい工場にしてはならない。

バスケットかかえて働きにくる
少女が　歌いやめ
口ごもる工場にしてはならない。

おい　兄弟！
五人を工場へスクラムでおくりこもう。
日々に新たな力をましながら
どとうのように送りこもう。

——「五人を工場へ」／『鋼鉄の火花は散らないか　江島寛・高島青鐘の詩と思想』所収

若き男性詩人が、こうした抵抗の詩を高らかに、また、さわやかささえ感じるほどストレートに書く一方で、一主婦はこんな印象的な詩を書いています。

検挙にきたら

検挙に来たら
私は先づ洗面器をたゝいて
「皆さん又パクリに来たんですよ」
ってどなるわ

そして近所の皆さんに
理由をきいてもらう

「お前らになんか
大切な夫を渡してなるものか」
ってがんばるわ

そして
「みなさん

よーくこの人達の顔を
おぼえていて頂戴」
つていうわ

そして
つれてつたら
「私を食はしてくれ」
つて警察えゆくわ

「私らの苦しい税金が
こんなものに使はれるんだつたら
払はないつもりよ」
つてその人はいつていた

――『詩集下丸子』第3集所収

詩としての出来栄えはともかく、「母ちゃん」のあっけらかんとした強さが滲み出てくるような詩です。鶴見俊輔は、『列島』が特集した「サークル詩の現状分析と批判」の中で、この詩を高く評価しています。サークル活動は、こうした地域の動きがその地域の個人の意識に影響を与え、社会や時代、そして自分の生き方、自分というものを考えるきっかけとなりました。

そして、これらが同時多発的に別の地域の取り組みや意識の高まりにも火をつけ、影響し、互いのブロックの団結、連帯を促していったのです。

松川詩人集団

そのひとつが、松川事件の救済運動でした。

1949年に起こった松川事件は、福島県松川で起きた列車転覆事故です。時の政権により、十分な現場検証や捜査も行われず、共産党員と左派労働組合員が目論んだとして多くの労働者が検挙されました。逮捕された31名には自白の強要がなされ、起訴された20名には死刑を含む重刑が言い渡されました。

この事件は戦後最大の冤罪事件と呼ばれることになりましたが、当時、異議を唱える声が全国から発せられました。その声は全国に広がり、「松川守る会」が結成されました。母体となったのは戦後、急速に生まれ、活動が盛んとなった労働者たちの、主に詩を書く文化集団でした。

松川被告救援運動の中で書かれた「うたごえは流れひとつにとけあう」という詩には、運動に参加した全国の詩人集団が列挙されています。

うたごえは　こだまし　波紋をひろげた。
たくさんのサークルの詩人たちが
松川被告の無罪釈放を要求して立ちあがった
岩手の「氷河期」
新潟の「詩のなかま」
茨城の「新しい風」
群馬の「土と鉄」
埼玉の「民芸通信」
千葉の「ＪＡＰ」
東京の千代田・文京・下丸子の詩人集団
愛知の「風車」「とけいだい」「口笛」
岐阜の「山びこ」
彦根の「溶岩」
京都の「働く人」
その他無数のサークルが
松川事件の真実をうったえる詩を発表し
署名をあつめ
救援金を送り

抗議の声明を出し
被告と文通をし
また　あるサークルははるばる仙台へ代表を派遣した。

——赤木健介「うたごえは流れひとつにとけあう」／『下丸子文化集団とその時代』所収

ここに挙げられた文化集団や挙げられていないが活動を共にした集団が、日本各所にありましたが、こうしたサークルという形の政治的・文化的な活動は、この時代の下層労働者たち全般に、大きな知的興奮をもたらしました。組合でも政党でもなく、詩や芸術を楽しむことを目的とした文化サークルという形で、政治にコミットすることができた稀有な事例です。文化戦線と言ってもよいかもしれません。

事件で被告となった人々の間でも詩作が行われ、自分の思いを表現する者が現れました。のちに彼らは松川詩人集団と名づけられました。事件は、14年の月日を要しましたが、全員無罪となりました。

生きる理由があった時代

詩という文学活動が、この時代の多くの人々の気持ちを高揚させ、精神活動の主体となったのは一体なぜだったのでしょう。

『下丸子文化集団とその時代』の中で、著者の道場親信はこのように語っています。

この時代は、詩と社会運動とが深く結びついた時代でもあった。反戦反植民地、松川裁判、反基地、原水爆……といったそのときどきの政治的課題に対し、多くの人びとが「詩を書く」ことで向き合おうとした稀有な時代でもある。人びとは労働運動をしながら詩を書き、詩を書きながらうたや演劇を行った。もちろん、後世までうたい継がれる詩はその中でもごくわずかなものにすぎないし、これ以後「詩」というものが急速に民衆表現の中で影響力を減じていくことに対して、この時期の性急な「抵抗詩」は若干の責任を負っているともいえるだろうが、といって文化生産の焦点から詩が外れていくことについては、もっと大きな文化史的文脈から再考してみる必要がある。

——『下丸子文化集団とその時代』

たしかに、今回紹介した詩は、これまで取り上げてきた才能のある詩人たちの言葉と比べれば拙いものかもしれませんが、彼らの生活や暮らしの描写、思いや思想も率直に感じられるという長所も持ち合わせています。

こうした詩を書く無数の人々が、過酷な労働のあと、狭くて粗末な部屋を自分たちの「解放区」とみなし、夜な夜な集い、社会や文化を語り合い、詩を朗読し合った時代が確かにあったのです。

そうした活動が、私が生まれた頃、同じ町で繰り広げられていたことに、私は不思議な感慨を覚えます。敬愛する作家、旋盤工であり、直木賞候補となった小説家である小関智弘さんもまた、そうした解放区で文学を知り、労働者にしかわからない繊細な生の感覚を文学にした人でした。

戦後わずか5年で、こうした運動が荒廃した町から沸き起こったことは特筆すべきことだと思います。

1950年代の、私が小学校にあがる前の町の風景を思い出すと、まだ町には防空壕があり、戦争の跡が日常の暮らしに残っていました。焼け野原に草が生えただけの原っぱが広がり、何もなく、貧しかったけれど、人々の表情は一概に明るいものでした。誰もが平等に貧しさを分け合っていたからです。

みなが上を向き、前を見て暮らし始めていました。それが、経済的には朝鮮半島の動乱による特需景気によるものであったのは確かなのでしょうが、同時に平和な世の中になって、頑張って仕事をすれば明日は今日よりよくなるという希望を持つことができました。このような原風景の記憶が私の中には残っています。だからでしょうか、70年余り生きてきて、あの時代が日本のgood old daysのように思えるのです。いや、実際そうだったのだと思います。もちろん、客観的に見れば、人々の生活はまだまだ苦しく、生きていくのがやっと、あるいは生きていけないかもしれない、ひもじい生活だったと思います。けれども、人々は明るかった。おそらく、関川夏央が言う「共和的な貧しさ」という平等があり、今日よりもよい明日があるという予感を誰もが共有していたということがあると思います。人が生きていく力というのは、不思議なものです。

お金があるから、食べていけるから生きていけるわけではない。さらに言えば、財貨や地位といったものは、本当は生きる理由としては案外小さいものなのかもしれません。

書くことと集団の可能性

ところで、下丸子文化集団には、最も優れた詩人であり、卓越したオルガナイザーでもあった青年がいました。江島寛、本名星野秀樹は、集団の優秀な「工作者」として名を残したばかりでなく、集団が1951年から59年まで持続的に活動を継続する礎を築いた人物でもあります。

江島は、戦中の朝鮮半島に生まれた日本人でした。戦後引き揚げて日本という異郷に辿り着いた江島は、父の郷里の山梨から姉の住む下丸子に移り住み、小山台高校の夜学に通います。昼間は工場で働きました。

その後、詩作と集団の運営に豊かな才能を発揮しますが、1954年に過労と栄養失調のため亡くなります。21歳の若さでした。

江島が支えた集団の活動が終息した1959年、谷川雁は、前年に結成した九州の「サークル村」運営にまつわるより強いサークルの意識と工作者としての働きを定義し、その必要性を強調します。こうした流れを江島は予期していたのでしょうか。

江島の死後、集団の活動を離れた詩人たちの中には、書く仕事に就く者も多かったのですが、その意識の底には「書く」ことは「生きる」ことであるように促した江島の存在が大きかったと言われています。つまり、彼は死してなお、彼らを「書く」ことに駆り立てた存在だったのです。江島は、「書く」ことで集団の可能性を追求し、「書く」ことで主体としての自分を追究するという方法を示したのです。

江島の最も有名な詩、「煙突の下で」を紹介します。

この詩は、詩の運動からやがて高まったうたごえ運動において、労働歌として広く歌われました。

煙突の下で　おれたちの
青春は　いきずいている
とりもどそう　みんなで
平和のために
吹き上げよう　煙突の煙
おれたちの胸は　もえる炎だ

クレインの下に　おれたちの
力は　みなぎつている
とりもどそう　みんなで
解放のために

うちあげよう　鋼鉄の火花
おれたちの肩は固いとりでだ
どんな時にも　おれたちの
心は　結ばれている
とりもどそう　みんなで
仂くもののため
つくり上げよう美しい祖国
おれたちの歌は不屈の誓だ

――江島寛作「煙突の下で」／『下丸子文化集団とその時代』所収

この詩は、下丸子文化集団が南部文学集団へと変わった頃、そして、「うた」の可能性を人々が考え始めた頃に書かれた詩です。

この詩に、当時日比谷高校の教師だった木下航二が曲をつけました。

木下というと、隣町珈琲でよくライブをしてくださる木下弦二さんと同じ姓ですが、直接の姻戚関係はないようです。ただ、木下弦二さんのお父さんも、この運動に強く関わっていたということです。ちなみに、木下航二はその後、下丸子時代から江島と共に活動した浅田石二の詩「原爆を許すまじ」に曲をつけています。

詩作の原動力

「書く」ということ。

この時代に起こったのは、詩を書くというささやかな行為が、人と人を結びつけ、その時代を共に生きることを選択させ、新たな社会を少しずつ形作っていったということだと思います。

時代を変える、時代を作るのは、もしかしたら、卓越した才能を持つ限られた人たちではなく、無数の働く人々、無名のただ「書く」ことに喜びと生きる希望を見つけた人々によって初めて達成されるものかもしれません。

最後に、彼らが「書く」ことをどんなふうに思っていたのか、それを表した詩2篇を紹介します。

えらそうなことを言う前に
まずかきたまえ
百万べん基本的に正しい方針を
しやべりまくる前に
一つのことでよい
まず実行したまえ
方針は実行するためにたてられ

詩は　書かれてはじめて詩になる

原爆や水爆でなく
そんなものをつくる（おとす）頭を
ふっとばす爆弾が必要なように
もう一つ、新らしい会議
毎日の会議、会議をなくす
会議が必要なように
百万べんしやべりまくる
基本的に正しい方針でなく
そいつをどう実行するかという方針が
必要なように
今
詩をかく必要がある

平和擁護を斗つている
同志、
詩をかきたまえ！

――高橋元弘作「まづかきたまえ」／『詩集下丸子』第1集所収

詩をどう書くかという議論よりも、まず詩を書こうと作者の高橋は言います。詩を書くという慣れないことに対する恐れをほぐすかのような高橋の呼びかけは、妙に明るく響きます。

この詩に対し、呉隆《くれたかし》は次のような詩を書いています。

おれたちはものを言おう……
おれたちはものを書こう……

まともな人は
まともにしかものが言えないし
ひがんだものは
ひがんだようにしかものが言えない
さびしい人は
さびしいようにしかものが言えないし
うれしい人は

うれしいようにしかものが言えない
腹に一物あるものは
腹に一物あるようにしかものが言えないし
いきり立つている人は
いきり立つているようにしかものが言えない
これは素晴しいことではないか!
おれたちはものを言おう……

——呉隆作「おれたちはものを云おう」/『詩集下丸子』第2集所収

この詩を解して、道場親信は前述の『下丸子文化集団とその時代』の中でこう記しています。

誰だってものを言うときには何かに規定されている。上手にバランスよくものを言おうとしても意味はない。むしろ、自分がいまある状態の中で自らを表現すること、「これは素晴らしいことではないか」というのである。ものを言えば、そこから自己発見があるし、そこから認識を深め、新たな主体性への手がかりも手に入る。口に出すことによって主体の変容の第一歩を踏み出す、そこに彼らがめざす文化運動と社会運動の身体性、主体のあり方が示されている。

——『下丸子文化集団とその時代』

私はこの時代に日本中で普通の人々が、その日の米櫃《こめびつ》の心配をしながら、つまり、「詩なんか書いてる場合かよ」といった状況の中で、熱心に詩を書き、ガリ版に刷り、自転車に乗って人々に配っていたことに心打たれます。そこでは、書かれた詩の完成度などどうでもよいと思ったりします。

それこそが詩だと思いたくなります。

占領下の軍管理工場で、自分の指紋をとられ、管理されながら働いた労働者は、ものに飢えると同時に、尊厳ある生き方に飢えていたのだと思います。それが、革命、解放への精神のうねりとなり、50年代のサークル運動から60年代、70年代の学生運動に繫がっていったのかもしれません。※

※ 掲載の詩および下丸子文化集団に関する詳細は、道場親信『下丸子文化集団とその時代 一九五〇年代サークル文化運動の光芒』（みすず書房／2016年）に依拠しています。

第10章 小田嶋隆

誰よりも詩を憎んだ男が愛した詩

閉じられた言葉

小田嶋さんの親戚にP・ippoさんという編集者で詩人の方がいます。彼女が2011年に刊行した『Bon Courage』vol.1の中に、小田嶋さんが書いた詩論が掲載されています。詩論は、尾形亀之助という明治後期から太平洋戦争が始まってまもなく、心身の衰弱によって亡くなった詩人について語ったものです。

文中で取り上げられている尾形の詩を見てみましょう。

あまり夜が更けると
私は電燈を消しそびれてしまふ
そして机の上の水仙をみてゐることがある

――「白(仮題)」／『尾形亀之助詩集』現代詩文庫1005所収

小田嶋さんは冒頭、仕事がらみでなかったら、この詩人と出会うことはなかったし、作品を2、3ページ読んだだけで気味が悪いと感じているはずだと述べています。

そして、その理由を説明することで短い詩論を展開しているのですが、印象的なのは、尾形亀之助の詩には「けれん」がないという指摘でした。

「けれん」とは、ここではもってまわったり、俗受けをねらってハッタリをかますことであり、尾形にはそういうところが皆無であり、それは美点かもしれないが、プロの物書きとしては、芸がない、つまり「無芸」だと言うわけです。

いかにも、小田嶋さんらしい。

小田嶋さんは、この詩について、「それがどうした」という感想が漏れるけれど、そう言ってしまったらおしまい、返す言葉もないだろう、工夫も何もありゃしない、と書いています。しかし、だからといって、尾形の詩が無価値かというとそうも言いきれないとも言っていて、おそらく「人様に見せる芸ではない」ところに、つまり、「他人に向かって吐き出された言葉ではない」ところに尾形の詩の真骨頂があると言うのです。

同じ文章では、ここから小田嶋さんが常日頃取り上げるポエムについて語り始めるのですが、インターネットの中にあまた浮遊する、主題の曖昧な、構成がでたらめな、詩とも散文ともつかない、創作なのか実体験なのか不分明な、本名か仮名かもわからない、自分勝手な自問自答、いや自答さえ欠いた未成熟な自問だけの断片のような文章について罵倒しています。この状況について、小田嶋さんが最も危惧するのは、彼らの文章の巧拙などではなく、彼らにはそもそも他者との間にまっとうなコミュニケーションを構築する能力が欠けているということなのです。

他者と共感することのできない人間が書くものの気味悪さ。それには、奇妙な自己完結が見えるとも言います。

尾形の文章を引いてみましょう。

……なでてみたときはたしかに無かつた。といふようなことが不意にありそうな気がする。夜、部屋を出るときなど電燈をパチンと消したときに、瞬間自分に顔のなくなつてゐる感じを受ける。……

――「顔がない」より抜粋／『尾形亀之助詩集』現代詩文庫第1005所収

これはまさしく離人症の症状だと小田嶋さんは言います。確かに、そういう感覚の人間に、他者への説明や描写が前提として必要だと思えるはずはないかもしれません。なのに、書いている。人前に自分の言葉を提出することの気味の悪さを指摘するのです。

インターネットの中で見かける詩人には、10代のひきこもりや鬱を抱えた自殺願望者が多いのかもしれません。しかし、尾形のような世界から隔たった感覚を持っているからといって、それが詩的表現とは結びつかない、むしろ、逆なのだと小田嶋さんは言います。なぜなら、彼らは、隔たり、閉じているゆえに、元来の意味での言葉、人とコミュニケートするための言葉というものを操ることができないし、操る意思もないからだと。

つまり、彼らは表現の極北にいるのだと言っているのです。しかし逆説的に言うと、だからこそ彼らは表現を切実に欲している。その魂から漏れ出る言葉は、通常の世界で流通する言葉とは違う言葉となり、同じような魂がそれを感じ取ることもある。そうでないと尾形という詩人が根強く人気を保つことは考えられないと言います。

言葉の宛先

おそらく、こうした詩という通常の社会とは隔たった言葉の持つ自閉の側面、自己完結の匂いが、日本の文芸ではむしろ肯定され、受け継がれてきたのかもしれません。

ふるいけや　かわずとびこむ　みずのおと

も、池に蛙が飛び込み、その水音がしただけの、「それがどうした」と返せなくもない俳句ですが、この句のわびやさび、禅的な美といったものを日本人はむしろ大事にしてきたのですね。万葉からの歌も、俳句もしかり、短歌もしかり、四季派の自然美を謳う詩もしかりということです。

表現とは、あくまで個人の内的な世界と外的な世界との呼応から生み出されるものでありながら、他者に読まれるに耐えうる、または他者の琴線に触れ、必要とされるものでないと価値がない。だとしたら、このふたつに架ける橋がいかに生まれるのか。簡単には説明できないものかもしれません。しかし、ヒントになるものはあるのです。小田嶋さんは、詩論の最後をこのようにまとめています。

深読みすれば、私が亀之助の詩に不快さを感じたのは、私が、過剰に他者を意識し、あざといほどに「けれん」をひけらかしたがるタイプのもの書きであることと無縁ではない。

おわかりになりますか?

つまり、技巧派を自認する二流の野球選手がいたとして、彼が、壁に向かって、一人でキャッチボールをしている速球投手を見たら、やっぱり苛立つはずですよね。

——『Bon Courage』vol.1所収

なるほど小田嶋流のひねくれた尾形亀之助礼賛で、思わず笑ってしまいます(1回半ひねり、いや2回ひねりですね)。見事な着地というより他はありませんね。

この文章に、小田嶋さんの文章表現というものへの、あるいは文体というものへのこだわりがよく出ています。表現とは常に他者を意識したものであること、というより明らかに他者へ向けたものであることを第一義的に考えていることがわかると思います。小田嶋さんは、壁に向かってひとりでキャッチボールをすることも嫌いじゃなかったけれど、ひとに自分の言葉の技巧を見せることは、小田嶋隆という人物のサービス精神であり、同時に避けようもない生き方だったのです。

不毛に思えるツイッターでの激しい応答に小田嶋さんがこだわったのも、そこにあったのかもしれません。言葉は他者を意識し、あくまで他者との間にあるものであるというこだわりの強度が、小田嶋隆にしかない文体を生み出したのかもしれません。

往還から生まれた文体

詩集にはもうひとつ、彼が選んだ詩が載っています。

それは、島崎藤村の「千曲川旅情の歌」でした。

千曲川旅情の歌

一

小諸なる古城のほとり
雲白く遊子《ゆうし》悲しむ
緑なす蘩蔞《はこべ》は萌えず
若草も藉《し》くによしなし
しろがねの衾《ふすま》の岡辺

日に溶けて淡雪流る

——『藤村詩抄』所収

誰もが知っているあれです。

この詩に付された文章で、小田嶋さんは、この詩をそらで正確に言えることと、なぜ暗誦できるのか、その経緯に触れています。

小田嶋さんが小学6年生か中学1年生の頃、親戚であるP・ippoさんのお父様が、小田嶋さんの兄上の個人教授になりました。しかし、その授業に気乗りしない兄上に連れ添っていた小田嶋さんは、出された課題のひとつである「千曲川旅情の歌」の暗誦に自分の方が熱中し、加えてその詩意の解説に熱心に耳を傾けたことを思い出したと書いています。そして、おそらくその講義が、自分にとって最初に詩に触れたときであったとも記しています。

小田嶋さんが詩を書いていたということ、詩について思い考えていたことを知っているひとはほとんどいないと思います。何度も言いますが、小田嶋さんはそういう書き手ではなかったから。そういう書き手として自己設定していなかったからです。

義理堅く、温かく、至極常識を大事にする生身の小田嶋さんを知る私には、彼が設定した小田嶋隆とは別の顔をした小田嶋隆としばしば遭遇することになりました。

生身の小田嶋さんは、「千曲川旅情の歌」という、情感たっぷりで、湿度の高い美文を、暗誦できるほど受け入れていたのです。当然、そのようなセンチメンタルな気質というものも持ち合わせていたのでしょうが、それを受け入れることは、彼の知性が許しませんでした。「智に働けば角が立つ。情に棹させば流される」というわけですが、小田嶋隆は、自ら進んで「角が立つ」自分を磨いていったのです。

そして、小田嶋さんは、書き手としての自分を、ハードボイルドな辛口のコラムニストであり、街場の一言居士《いちげんこじ》として設定したわけですね。しかしそれは小田嶋さんが大事にしていた詩なる表現を切り離し、無縁のものにしたことを意味しているわけではなかったのです。

フィリップ・マーロウがショパンについて語ったように、彼のコラムは、彼の詩的表現への志向との往還の中から生まれたものであるように思えます。そしてそれが、彼を単なるアイロニカルな書き手ではなく、一級の表現者にしたと言えます。小田嶋隆はポエムを罵倒しましたが、詩について、多くは語りませんでした。

別の言い方をするなら、小田嶋隆は、むしろ、自分が書かなかった文章によって、小田嶋隆を完成させていったとも言えるかもしれません。

第11章 伊藤比呂美

現代の言文一致

「新しい詩」のパイオニア

1977年、私は盟友内田樹や、当時の仲間と共に、渋谷道玄坂に会社を立ち上げました。会社はとんとん拍子で拡大していきました。5年目には、社員数も20名ほどの規模になり、2度目の引越しで、宮益坂の上にある仁丹ビルの2フロアを借り切ることができました。

会社が忙しくなるということは、結果的には今まで夢中に取り組んできた詩作をあきらめなくてはならないことを意味していました。詩人になることと、経営者になることを同時に実現することはほとんど不可能なことだからです。セゾングループを主導した名経営者であり、同時にすぐれた詩人であった堤清二さんこと、辻井喬《つじいたかし》はその稀有な例外でした。

私が詩をあきらめたちょうどその頃、詩の世界にまさに彗星のごとく現れた詩人がいました。

それが伊藤比呂美でした。

しかし、当時の私は彼女の詩を全く受けつけませんでした。

彼女の書く詩は、あまりに赤裸々で、言葉が強烈過ぎて、私は、なぜ彼女がこのような言葉を使うのか理解ができなかったのです。

彼女の詩には、性交、性器、オナニー、排尿、体毛、死骸、妊娠、出産といった言葉が飛び交っていて、私は彼女がなぜ、このような度肝を抜くような刺激的な言葉を繰り出して詩を作るのか理解できず、戸惑うばかりでした。

おそらく伊藤比呂美以前に、彼女のような赤裸々な言葉で詩を紡いだ詩人はいなかったと思います。伊藤比呂美以前と以後では詩の言葉遣いが全く違ってしまったのです。その意味では、彼女は「新しい詩」のパイオニアだったわけですが、その「新しい詩」とは何を意味するのか、この時点ではまだよくわかりませんでした。

私がそれまで読んできた詩の言葉とは何なのか。

それは、ときに詩人の胸のうちに潜む心情であり、狂おしい観念であり、日本古来の抒情の発露であり、そうした言葉を紡ぐことで、詩人は、自分を、社会を、希望や絶望を描いてきたように思います。

しかし、彼女の詩はそうした既成の詩とは全く違いました。書かれているのは極めて個人的な体験でした。彼女の個人的な生活を通して、彼女の中に生まれ出てきた感覚を、即興演奏のように言葉に綴る、いや、筆など使わずに、生身の身体から発する声がそのまま言葉に置き換えられているような詩でした。それこそまさに、伊藤比呂美という詩人の、「言文一致」だったのです。

私には、彼女の詩の世界が理解できるようになるまで、実に数十年が必要でした。もし、詩というものが、未生《みしょう》の言語、つまりまだ生まれていない、誰もうまく言葉にできなかった感情やイメージを言葉に変えることだとするなら、彼女こそ、彼女以前に誰も言葉にできなかった世界に言葉を与えたと言えるでしょう。

当初、私には、なぜ彼女の詩がわからなかったのだろう。

そして、なぜ彼女の詩がわかるようになったのだろう。

これにはいささか複雑な理由がありました。

介護の経験を端緒に

伊藤比呂美は1955年、東京の下町に生まれました。

東京の下町生まれであること、町工場の娘であること。それは、私が急激に親交を深めるようになった小田嶋隆に通じる出自です。彼女は、都立高校に通い、青山学院大に在学中に、詩を書き始めます。

高校時代、彼女は太宰治が好きで、中原中也が好きでした。それも、小田嶋隆と共通することです。小田嶋隆は常々太宰嫌いを公言していますが、彼の嫌いは、好きであることの裏返しであることが多いので、そのまま信用することはできません。

彼女が詩を書き始めた頃、キャンパスには、燃え盛った学生運動の火が消え、日々には何も起こらず、平和な時代が訪れており、彼女たちの世代は、三無主義の世代と呼ばれました。三無とは、無気力、無関心、無責任のことですが、彼女は、そうした時代のそう呼ばれる若者のひとりとして、文学を志そうと思ったといいます。

その後、中学の教師を経て、愛した男性を追ってポーランドに渡り、日本語の教師となり、帰国します。

そして、結婚し、子どもを産み、育て、離婚し、在米のイギリス人と結婚します。子どもは3人、犬を飼い、植物を育て、日本にいる両親の介護にたびたび帰国しながら詩や、エッセイ、小説を書き続けています。

以上のような経歴は珍しいと言えば珍しく、物書きとしては珍しくないと言えば珍しくないものです。しかし、それらを書き綴るのに、彼女は使い古された文学的な道具を使いませんでした。最初から、彼女は確信的に彼女しか書けないような態勢で、誰のものでもない彼女の視点で、そして彼女の内部から湧き上がってくる言葉で、詩を書き始めたように思います。単独登攀《とうはん》という言葉が、彼女の詩作に似合っているように思いますが、それゆえに、私にはその登攀を遠くから見つめることしかできませんでした。

彼女を理解し始めたきっかけは、2014年12月、北九州市立文学館でのイベントでした。作家の関川夏央さんが企画されたその鼎談は介護がテーマでした。

私は『俺に似たひと』という父の介護の体験を本にしていました。小説のようでもあり、エッセイのようでもある作品でした。これを関川夏央さんが高く評価してくれて、日本文藝家協会主催のイベントを企画してくれたのです。

そのときの、鼎談者のひとりは、漫画家の岡野雄一さんで、認知症の母の介護を描いた『ペコロスの母に会いに行く』という漫画が評判になった方です。そしてもうひとりが伊藤比呂美さんで、彼女はその年、お父さまの介護の経験を綴った『父の生きる』を出版していました。

この鼎談を通して、伊藤さんが少女から大人の女性になる頃までの生活環境が、実は自分の場合と似ているのではないかと感じたのでした。伊藤さんも町工場の娘として生まれ、大学で知識を得、町工場のあの世界から抜け出すように文学の道に進んでいます。自分が嫌って逃げ出した世界であるにもかかわらず、そこにあったクラフツマンシップ（職人技）みたいなものだけが信頼できるものであると感じていることを知り、私は、自分と同じだ、同じ匂いがすると思ったのです。この場合のクラフツマンシップとは、知識に依らず、知性に臆せず、自らの身体の可能性だけを信じるものの喩えです。

その頃から、私は彼女の詩や伊藤比呂美という詩人に対して、同じ空気を吸い、同じ風景を眺めていた親戚の娘のような親近感を抱くようになります。

実際、私は工場の町に生まれ育ち、同じ工場で育った同級生のチーコという女の子といつも工場の2階で遊んでいたことがあります。伊藤比呂美は私にとって、老後に再会したチーコのような存在になっていったのです。

これは、たとえば、最も近しい友人である内田樹などに抱く感覚とは全く違います。内田は、私と別の人間であるがゆえに敬愛できる友人です。ですから、自分と同じだという感覚を抱くことはありません。しかし、伊藤比呂美には、もっと生なところで同じだな、と感じることがある。それは同じように職人の息子として育った小田嶋隆にも共通する印象です。たとえばですが、仕事に対するこだわりだとか、他者に対する気配りの仕方とか、羞恥心の抱き方というところが似ているのです。

巫女の御魂おろし

そうした感覚的な同一性のようなものを刺激され、距離が少し近く感じられるようになったのですが、そのイベントから7、8年後に再び、伊藤さんの詩の朗読を聞く機会が与えられました。そして、そのとき、それまで同志的な印象だった伊藤さんの、自分にはない凄みのようなものを見ることになったのです。

もうひとりの尊敬する詩人である小池昌代さんとの対談のとき、彼女が詩の朗読をされたのですが、詩の朗読というのは、それまでの私にはどちらかというと読むのも聴くのも、気恥ずかしいものでした。なんだか、朗読ってよくわからねぇなと、批判的に見ていたのです。

それが、伊藤さんの朗読を聴き、驚いてしまったのです。

壁に背をもたれ、独特の足の拍子で読む詩を聴くと、彼女の詩が、いわゆる詩、私が書いていたような詩、一般の詩とはまるで違うということを改めて知ることになりました。

朗読というのは、詩人の持っているひとつの方向性であり、詩の表現形態の本質でもあると感じました。

思えば古くから、西洋では吟遊詩人が、日本でも鎌倉時代、琵琶法師による平家物語の語りが始まり、江戸時代に存在した歌を歌って米などを乞う歌比丘尼《うたびくに》と呼ばれる尼僧であり遊女の存在がありました。彼ら彼女らは、シャーマン的な役割を担っていました。死者の御魂を下ろしたり、見えないもの、聞こえないもの、特殊なものを人々の前に見せるという役割を持っていたのです。

伊藤さんの朗読はまるで巫女の御魂おろしのような印象でした。

人の口を通して、見えない、またはあの世、別の世界の言葉が吹き出すこと、それは、身体が自分だけの器ではなく、この世を生きる者たちすべての器に繋がるものでもあるという証かもしれない。器だけでなくおそらく魂と呼ばれるものも。真実とは、そうした器や魂から零《こぼ》れ落ちるものではないかと思うときがあります。

そして詩人とは、そうした存在に、肉体を貸し与えるひとである、としたならば、伊藤比呂美ほどそれにふさわしいひとはいないかもしれない、と彼女の朗読を聴きながら思ったのです。

これは、たとえば、戦後詩の中心であったはずの荒地派の詩とはまるで違う性質の詩です。つまり、知性や観念が作り出す詩や詩論の対極にあるような語りの世界です。

しかし、伊藤比呂美の詩がそうであるとして、同じ匂いのする人間である私と伊藤さんは、どこでどのように分かれていったのか、私はますますわからなくなりました(たとえば、荒地派の詩についてどう思うかと伊藤さんに聞くと、伊藤さんは、「あれはもういいのよ」と話に乗ってきません)。

しかし、そのうち、だんだんとわかってきたことがあります。

私は、私が生まれた微温的でもあり因習的でもある場末的な世界から離れるためには、かなり観念的な作業が必要でした。つまり、自分の棲んでいる世界を理解し、肯定するためには、自分の考えている世界を整理し、観念の中で再構築したり、あるときは拒否したりという作業を繰り返し行う必要があったのです。それが、私や私の世代にとっての多くの者たちにとっての成長というものでした。工場労働者に囲まれた言葉のない世界の中で生きてきた者が、本を読み、言葉を覚え、観念の世界に憧れていく。もともとは観念の世界などとは無縁の町工場に生まれた者だからこそ、そうした道のりが有効であると思ったのかもしれませんが、私の成長には、観念的な思考がいつも随伴していました。

しかし、伊藤さんは違いました。私と同様、町工場の機械音の中、寡黙な労働者たちの言葉に依らない世界に生まれましたが、その後も、その世界の喜怒哀楽を、さらに深め、浴しながら生きたのだと思います。彼女は、観念を身につけた人間ではなく、動物としての人間を自分自身の内部に棲まわせ続け、その身体を使って、犬、猫、植物、そうした生き物たちと同じように、彼らが感じるものを感じ取り、それを言葉に紡いだのです。私には想像がつかない、真逆の方向に彼女は歩み出していたのでした。

身体を通して吹き出す言葉

文芸の世界において最後に使うのは言葉ですが、伊藤比呂美において、言葉は通常とは違うものです。もしかしたら普通のひとが言葉を通して自分の身体を確認しているのに対して、彼女は逆に、身体を通して言葉を排出しているのかもしれません。その排出された言葉には体液が染みついており、血が滲んでいるようにさえ感じられます。

そうした伊藤さんが、たとえば私が依拠した観念の出どころであるヨーロッパの哲学ではなく、学問を飛び越え、日本の土着の説話の世界、または般若心経などの特殊な言葉が渦巻くお経の世界へ接近していったのは必然だったかもしれません。

『テリトリー論1』に収められた詩を2篇ご紹介しましょう。ひとつは彼女の代表作とも言える「カノコ殺し」です。長詩ですので途中から。

わたしは嬰児殺ししたこともあります
死体遺棄したこともあります
産んですぐやればかんたんです
みつかりさえしなければ中絶よりかんたんです
みつからずにやってのける自信は
いくらもあります
カノコはいくらでも埋められます

埋められたカノコおめでとうございます
おめでとうございます
しないではいられない性交
受胎せずにはいられない何十人ものカノコ
まびかずにはいられない何十人ものカノコ
ひとりだけのぞいて
それが今のカノコで
それが乳首を嚙み切りたい
滅ぼしておめでとうございます
滅ぼしておめでとうございます
滅ぼしておめでとうございます
滅ぼしておめでとうございます
滅ぼしておめでとうございます
たのしい継子のせっかん
たのしい継子殺し
わたしはしたことがあります
自分の子の方がかわいい

たのしい子捨て
わたしはしたことがあります
自分の方がかわいい
おめでとうおめでとう
滅ぼしておめでとう
おめでとうおめでとう
みんながいわってくれて
源一郎さんがメドック
樋口さんがバラの花
浩平さんがうさぎさん
石関さんがくまさん
宮下さんがおむつかばん
志郎康さんが犬はりこ
阿部さんと岩崎さんが現金
のんちゃんがケーキ
兼子さんが8ミリ
小崎さんが電報
みんながいわってくれて

ありがとうありがとう
うれしいカノコは
乳首を噛み切る
おめでとうおめでとう
わたしはカノコを
たのしく捨てたい
じめじめじゃなくうしろめたくなく
たのしくカノコを東京に捨てたい
おめでとうございます
滅ぼしておめでとうございます
滅ぼしておめでとうございます
てる子ちゃん
中絶しておめでとう
みほ子ちゃん
たけちゃんをすてておめでとう
くみ子さん
ともくんをころしておめでとう
まりさん

ののほちゃんもすてれば？
まゆみさん
胎児は男でした？女でした？
りこちゃん
こうたくんもそろそろすてごろ
みんなですてよう
乳首を嚙み切りたくて歯を鳴らしている
娘たち
息子たち

三年前の今頃
飛降り自殺した友人の「ひろみ」さんの動機
は
「男問題」
だったらしいが

「水虫」
　でも悩んでいたらしい
　それだから「ひろみ」さんは
「水虫」の足指を周到に靴下でかくして
　　Gパンをはいて
　　　飛降りて
　　　　土の上に
　　　　　横たわったのです
二十四歳のかなりきれいな女の
　死んだ脚が二本に腹部を
わたしは三年たった今でも想像してしまって
　見たわけではないのに
　死んだ脚が二本に腹部を
　死んだ脚が二本に腹部を
滅ぼしておめでとうございます

――「カノコ殺し」より抜粋／『テリトリー論1』所収

どうですか。これは、ご自分の出産について書かれた長い詩の部分なのですが、こんな詩を伊藤さん以前の誰も書くことはできませんでした。すごい。何だかよくわからないけれど、強烈な感情の高まりが押し寄せてきませんか。後に、この作品に関して伊藤比呂美はメルマガの中でこんなふうに述懐しています。

思い出します。あの日々。心にもお金にも余裕はなく、家は小汚く、ちらかり放題でした。ちょうどこの詩のとおりです。片づけたり掃除したりするより、もっと大切なものがあったというのも、まったくこの詩のとおりです。てなことを、『おなかほっぺおしり』というタイトルで、さんざん書きました。でも詩は、「カノコ殺し」という詩しか書けませんでした。カノコとは、わたしの娘の名なんです（まだぴんぴん生きていますが）。「今日」とはまったく違う、生き延びたい、ぜったい生き延びるぞと決意して叫んでるような母親の詩でありました。

――「もっと大切なもの」より抜粋／あのねメール通信
福音館書店メールマガジン2013年5月8日 Vol.139所収

身体に語りかける詩

この作品以後、彼女の筆は勢いを増し、もはや誰も辿り着くことのできない地平に躍り出てきます。そして、白眉とも言える次の作品に結実してゆきます。長いですが、全文引用します。

コヨーテ

祖母はレイバイで
母はマジナイ師だった
伯母はゲイシャで
叔母はケッカクで
もう一人の叔母はウマズメだった
そして揃ってすてきな美人だった
母から教わったまじないにはいつも
酒と、米と、塩が、必要で
蛇と、水と、東方を、おそれた

二か月の娘が喃語を発しはじめた
コヨーテが話しかけてやると
わらいながらいつまでも答えている
コヨーテ「乾いた平原平原平原平原」
娘「平原平原平原」

コヨーテ「嘘つかない」
娘「つかないつかないつかない」
コヨーテ「はらへったへったへった」
娘「へったとも」
コヨーテ「はーはーはー」
娘「はあ――う」
娘の父・わたしの父「私はコヨーテだけに集中したかった。私自身を隔離し、絶縁し、コヨーテの他は、何ものも見たくなかった。そしてそれと、役割を交換したかった」

わたしの乳は豊かに出る
娘一人を肥らせるには豊かすぎてあり余る
祖母の乳も豊かだった
四人の女の子と二人の男の子を産み育て肥らせた
伯母の乳も豊かだった
三人の男の子を産み育て肥らせた
母の乳も豊かだった
わたし一人を肥らせて余った乳は流された

叔母の乳も豊かだった
二人の男の子を産み育て肥らせた
もう一人の叔母は人から貰った子に
出ない乳を吸わせていて吸わせていてとうとう
自分の乳房から乳を出だしたのだ
雨が多い
何もかもが湿っている
湿気た枠の中に笑っている眉毛と歯のない美しい祖母の
　顔
顎と歯と髪の毛のない唇の過剰な美しい伯母の顔
皮膚の欠落した睫毛と歯のない美しい叔母の顔
染みが蔓延した歯のない美しい叔母の顔
頬の肉と目尻の垂れ下がった腋毛と歯のない美しい母の顔
そして揃って垂れ下がった乳房を持っている
女たちは血縁の赤ん坊をあやすのがたのしい
わたしの娘は
ただひとりの女の孫の女の子ども
ただひとりの姪の女の子ども

血縁の赤ん坊をあやす女たちのことばは
みるみる喃語になっていく
九〇歳から五〇歳の
(九〇歳はこの十年来故人だが)
女たちが集まって坐りこみ喃語をくちぐちに
語りはじめる
「ぎゃーてい」
「ぎゃーてい」
「はーらーぎゃーてい」
「はらそうぎゃーてい」

祖母はレイバイで
母はマジナイ師だった
伯母はゲイシャで
叔母はケッカクで
もうひとりの叔母はウマズメだった
祖父はヨイヨイで
伯父は早く死に

叔父は全く無口
その誰とも血のつながらない父
母の夫とわたしの夫は
わたしが
娘を産むすこし前からいなくなった

コヨーテ「ぎゃーてい」
娘「ぎゃーてい」
コヨーテ「はーらーぎゃーてい」
娘「はらはらぎゃーてい」
コヨーテ「ぎゃーぎゃーぎゃーてい」
娘「はらぎゃーてい」

この時期の雨量と湿気
母がまじないを唱えて
湿気をののしっている
酒と雨
米と雨

塩と雨
東の方角に
水をながして
ながむしさま許してください

酒と雨
米と雨
塩と雨

――『テリトリー論1』所収

当初、私は伊藤さんが誰に向かって詩を書いているのか、わかりませんでした。表現というものには、想定読者がいるものだと私は思っていたからです。

しかし、伊藤さんには、もはや特定の読者などいらない、目の前の自分を自分の肉体を盛り込むように詩に書き込み、それが、読者というよりも誰かの血や生の糧《かて》に直接なるような確信があったのかもしれません。身体に語りかける、普遍の真言のような響きが彼女の詩にはあります。

「カノコ殺し」では、母性の裏に封印された、子殺し、子捨て、嬰児殺し、中絶、出産にまつわる暗く、今日ではタブーとされている出来事や行いを、伊藤さんはこのような詩にしました。しかし、その言葉は母性を持つ女性を辱《はずかし》めたり、苦しめたりするのではなく、救い出したのです。

「滅ぼしておめでとうございます」。このセリフのような、つぶやきのような、確信的な言葉が、女性の性交から妊娠、出産、子育てという途方もない因果から彼女たちを救うのです。繰り返される言葉は、もはやまじないのようではないか。お経ではないかとすら思えます。見事だと思います。

「コヨーテ」に登場するたくましい風変わりな三代の女たちの乳の話、老いの様子、そして飛び出す喃語の洪水は、いつか般若心経の核心の部分、真言（まじないのようなもの、呪《しゅ》〔呪の古字〕とお経の中で書かれているもの）に続いていきます。伊藤さんは多くの説話や、お経などを現代語訳したエッセイを書いていますが、『読み解き「般若心経」』の中でも、このまじないである真言について、あえて訳さず、まじないのままにしています。まじないの言葉の前では、知性など不要なものなのです。伊藤さんにとって、言葉の嵐のようなお経の言葉とは、意味がわからなくてもそのまま受け入れることのできる言葉、摩訶不思議な力のある言葉であり、彼女の詩の言葉と通じるところがあるのではないかと思います。これから先、伊藤比呂美がどこまで行くのか、考えるだけでワクワクしてきます。

第12章　鶴見俊輔

この世界を生き延びるための言葉

震災と焼け跡

東日本大震災からすでに10年以上の年月が経過しています。

今から思えば、あの震災と同時に起きた原発事故という人災は、私たちの日常を覆い尽くしていた正常性バイアスという虚膜を一瞬で破り去ってしまったことが、よくわかります。

私はあの頃、ラジオの対談番組を制作し、同時にパーソナリティとしてさまざまなゲストと社会や時代といったものについて直接話す役割を担っていました。震災の直後は、まだこの災厄が、私たちにどれほどの影響を及ぼすのか判然とはしていませんでした。ただ呆然とすることしかできなかったのです。

振り返ると、あのとき毎週行った対談に共通していたのは、一体日本はこれからどうなるのか、ということでした。

大津波によって安全神話の中にあった原発が破壊され、国土が汚染され、人々は困惑し、再生のビジョンを描くことは困難な状況でした。

「これから日本はどうなるのか」なんて、今から思えばずいぶんと大きな主語ですが、あらゆる正常性バイアスが無効になったあの時点では、切実で、そしてなおかつ容易には解決できない問題でした。一体誰が、こうした問題に対する解決の糸口を持っているのだろう。

そうしたことについて、私は、宗教学者の中沢新一氏、小説家の高橋源一郎氏、詩人の小池昌代氏、浄土真宗僧侶の釈徹宗氏、そして盟友の内田樹との対談を設定しました。

高橋氏と対談の準備を進める中、氏から「(私と) ふたりでもよいが、もうひとり、戦中派と呼ばれる方にお話を伺いたい」という要望が出されました。

その要望は、私自身の望みにも重なりました。なぜなら、震災後の日本は、焼け跡となった日本の風景と酷似していると感じていたからです。

高橋氏も私も戦後生まれの世代ですから、終戦直後の日本をリアルには知りません。私たちが焼け跡を自らの体験として語ることはできないし、今度の復興を語るにも私たちにはその原型となる視点を自らの内には持っていないことを自覚していました。

戦争はひとが起こすものです。が、ひとの欲望が肥大したものが天変地異に匹敵する事態を招き、何もかもを失ったとき、つまり国破れて山河のみが残ったとき、ひとは世界や自分というものをどのように捉え、立ち上がっていくのか、私たちはこれからどうすればよいのかを、ぜひ戦争を知る方に聞いてみたいと思ったのでした。

信頼できる知識人

私たちが話を聞きたいと強く願ったのは、小説家の古井由吉さんと哲学者の鶴見俊輔さんでした。

鶴見さんとなぜお話したいと思ったのか。

ひとつには、私が若い頃、ベ平連（ベトナムに平和を！市民連合）という運動があり、その中心メンバーに、一見すると場違いとも思える鶴見さんがいたことが気になっていたからです。鶴見さんはいわゆる反戦・反体制の活動家でもなく、学究のひとであるというのが、当時の私の印象でした。そんな鶴見さんが、ベトナム戦争という海の向こうの戦争に対して積極的に関与されていることを知って、このひとは信頼できる知識人であると強い共感を持ったのです。

当時、ベトナム戦争に心ならずも参加し、遠い異国の人々と不条理にも戦わねばならない兵隊たちの脱走を助けるというベ平連の運動について、友人のお兄さんが事務局をしていたせいで、私はこの活動を身近なものと感じていました。そして、鶴見俊輔というアメリカで哲学を学んだ、戦後を代表する思想家の、今で言うアクティビストの一面を尊敬のまなざしで見つめていたのです。

鶴見さんの、そうした行動を支えたのは、鶴見さんがアメリカで学んだ、実証主義的な視点だったと思います。

鶴見さんの功績はおそらく、観念的なヨーロッパの哲学ではなく、プラグマティック（実証主義的）な哲学がアメリカでどのような経緯で生まれ、世界の思想史の流れにおいてどのような影響を与えたのかを、わかる言葉で日本に紹介したことだと思います。

彼の発言の中で私が今でも印象的に覚えているのは、戦争を振り返った司馬遼太郎との対談においてのこのような言葉でした。


わたしの好きなことばに、レッドフィールドの「期待の次元と回顧の次元」というのがあるんです。いま生きている人は、こうなるだろう、こうすればああなるだろうと、いろいろな期待をもって歴史を生きてゆくわけですね。ある時点まで来て、こんどふり返るときは、もう決まっているものを見るわけだから、すじが見えてしまう。これが、回顧の次元ですね。

――「『敗戦体験』から遺すもの」より抜粋／『昭和を語る　鶴見俊輔座談』所収

指導者たちが戦争を起こしたときに立っていたのは期待の次元です。一方、過去のことを現在の地点から見てあれこれ評論するのが回顧の次元だということです。

明日がどうなるのか、よくわからない現実の中で考え、判断していたことを、その次元に立ち戻ることなくリアルに見ることはできない。だから、批評家や分析家はこのふたつの次元を混同せずに、ことが起こったときに自分が生きていた期待の次元にもう一度立ち返って過去と今を見ることが必要だと鶴見さんは説いたのでした。そうしなければ、自分たちがどの時点で、どうして選択を誤ったのかを反省することはできない。そして、本当の反省のないところに、新たな道を模索することは難しいということです。

なるほど、私たちは常に期待の次元を生きています。それが、私たちの「現在」です。そして、過去の過失や誤りを振り返ることが必要になったとき、その過去の地点において自分が立っていた次元に立ち戻ることが必要だと鶴見さんは説いています。回顧ではなく、期待の次元に立ち戻る。それは一体どういうことを意味しているのでしょうか。

優秀な学者であり活動家

のちに、鶴見さんが書かれた『北米体験再考』という本に、このような記述があります。

> 体験はいつも、完結しないということを特長としてもっている。……
> ……体験から考えるという方法は、体験の不完結性・不完全性の自覚をてばなさない方法である。ある種の完結性・完全性の観念に魅惑されて、その尺度によって状況を裁断するということがないようにすることが、私の目標だ。
>
> ――『北米体験再考』

この本は、戦前、16歳から20歳までのアメリカ留学時代を30年後に振り返るというテーマで書かれた本ですが、鶴見さんは、自分に起こったすべての体験を分析の手を加えず、削除したり改変したりすることなくその時点の自分に立ち戻ろうとします。そうすることで、初めて30年後に新しい意味を見出してゆくことができると考えたのです。

鶴見さんは、後藤新平という明治の高名な政治家の孫として生まれ、厳格な完全無欠を求める母の愛に押し流されるように生きた辛く激しい幼少期を過ごしました。

社会的にも知的にも上流階級に生まれ、政治家の父を持ち、クリスチャンの母のいた家庭がどうにも息苦しくなり、ついに家を飛び出します。小3で万引きを始め、家のお金を持ち出し、映画館や歓楽街に出入りし、女給やダンサーと交際するなど、とても普通には考えられない少年時代でした。12歳でうつ病を発症し、自殺未遂を繰り返します。精神病院にも3度入院。中学を中退。高校にも通うことができない15歳のとき、父とともに渡米。その後、一生の師となる都留重人《つるしげと》と出会い、同年1938年にアメリカの全寮制中学に入学します。翌年、16歳でハーバード大学に合格。哲学を専攻し、優秀な成績で飛び級の卒業を叶えます。1941年には太平洋戦争が勃発し、日本からの送金が止まり、学費・生活費に困窮する日々が始まりました。鶴見さんは、結核を発症していましたが、なんとか卒業し、生きながらえて1942年に帰国しています。

その後は海軍に所属し、ドイツ語通訳としてジャワ島に赴任。主に連合国のラジオを聴いて情報を集め、部外秘の新聞を作成する業務にあたりました。

戦後は、京都大学や東京工業大学、同志社大学で教鞭をとります。私が知る鶴見さんは、優秀な学者でありながら、安保改定に反対して東京工業大学をあっさり辞めたり、べ平連の活動を積極的にする活動家でした。

迂闊なことだったのですが、最近になって、鶴見さんが詩の全集を出していたことを知り、驚きました。

さて、ラジオの鼎談ですが、当時は鶴見さんも古井さんも体調がすぐれず、どちらの鼎談も叶いませんでした。鶴見さんは2015年に、古井さんは2020年に亡くなられましたので、もはやおふたりの話を聞くことはできません。しかし、震災から11年経った2022年の春、谷川俊太郎さんと正津勉《しょうずべん》さんとの鼎談本『鶴見俊輔、詩を語る』が出版されたのでした。私は、この本で改めて、鶴見さんの詩心がどのようなものなのかを知ることになりました。

これから、この本に掲載された詩をいくつかご紹介していきましょう。

KAKI　NO　KI

Kaki no ki wa
Kaki no ki de aru
Koto ni yotte

Basserarete iru no ni
Naze sono kaki no ki ni
Kizu o tsuke yo to
Suru no daro
Kaki no ki no kawa ni
Tsume ato ga nokoreba
Utsukushiku naru to omotte iru no ka

Basserareru koto ni yotte
Yoku naru to demo omotte iru no ka

——『鶴見俊輔全詩集』所収

鶴見さんの幼少期に起こった体験から書かれた詩であることが痛いほどわかります。「罰せられているのに、なぜ、その柿の木に傷をつけようとするのだろう」。鶴見さんは幼少期の自分自身を、傷つけられた柿の木に仮託しているかのようです。この詩が、ローマ字で書かれていることが、より一層の悲しみを掻き立てます。

『鶴見俊輔、詩を語る』には、鶴見さんの詩を理解するための、鶴見さんが別のところで書いた文章が紹介されています。

一生分、愛された。それは、窒息しそうな経験だった。ある夜、眼がさめて、自分の呼吸が隣の部屋から計られていると思った。そう思うとたえられなくなって、ふとんをかついで、三階分の階段をおり地下のボイラー室までいって寝た。そこまで降りても、この家にいるかぎり、母から自由に眠ることができると思えなかった。

誰にとってもそうかも知れないが、母はわたしにとっては巨人だった。わたしの上におおいかぶさり、わたしを、その腕の外に出られないようにした。

何よりもこたえたのは、こどものころのわたしには、母の正しさが疑えぬことだった。正義の道は、母が独占している。その道を、母の言うとおりに服従して歩いてゆくか。もしわたしが自由を欲するならば、わたしは悪を選ぶ他なかった。つねに、悪を選ぼう、これが、はじめにわたしのなかに生じた魂の方向だった。

（中略）

国家は自分にとっていつも国家とはかぎらないし、家庭は自分にとっていつも家庭であるとはかぎらない。自分の子は自分の子であるとはかぎらないし、ある時は子が親であるかもしれない。男は女であるかもしれないし、女は男であるかもしれない。

——『鶴見俊輔、詩を語る』より抜粋／初出は『展望』1968年3月号

先の詩は、一種の叙景詩の形式をとっていますが、その背後には、鶴見さんの心の風景が映し出されています。鶴見さんという人間が、生まれ、育つ過程で、どのように自分を

感じ、その自分の表現としての言葉を生み、それとつきあい、内面化し、自分の言語としていくのか、いや、していくというよりも「なっていくのか」を示すもののように思います。日本語を離れてアルファベットを使って生きるようになった鶴見さんは、日本からの逸脱、母からの逸脱、正義からの逸脱の途上で、自分の足場を一文字ずつアルファベットで置き換えて確認する作業が必要だったのかもしれません。

常人離れの天才性

言葉は、日本語や英語、フランス語、中国語といった地域的な差異だけでなく、ひとりの人間の中でも、さまざまに変化してゆきます。その成長や老化退行の経過の中で、それぞれの時期の人間のありように添った言語が作り出されるのです。ちょっとわかりにくいですが、鶴見さんは言葉について、こんな独特な考え方を持っていたようです。

その最初、「KAKI NO KI」の頃とその後、鶴見さんは「日本語」でも「英語」でも「機械語」でもない「人間語」をしゃべり、書いていたのだと言います。

そして、年をとり、周囲から「何を言っているのかわからない」と言われて何度も問いただされるようになると、自分は「もうろく語」を話し始めたのだと感じます。そうしたもうろくを鶴見さんはおもしろがり、もうろくした自分の言葉にそれでもとどまるものを信じ、さらには「もうろくは濾過機だ」と言います。そしてもっともうろくが進むと、今度は、ペットにずっと話しかけている老婆の言葉、生物語と言われるような言葉を話し始めるのだと言うのです。さらにいくと、言葉を失うときがやってくる。存在するだけ。それを「存在語になる」と鶴見さんは言いました。そして、自分は存在語を目指していると。

八十まで生きて、……存在語に近くなって、で、その道筋で英語というものがあった。英語をしゃべったこともあったと。だから、その英語というのは人間語の方言なんだ。最後は存在語なんだから、そんなの小さな小さな一部でしかないんだ。

――『鶴見俊輔、詩を語る』

不変の確かな言語などなく、人間の生成退行老化病死の過程で言語は変化していく。言語とはそういうものだという感覚を持つ鶴見さんは、やはり常人離れした天才と言うほかはない存在なのかもしれません。

その天才性はこの「くわいの歌」にも、遺憾なく発揮されています。

くわいの歌

ひとびとの　よるひるつくる
ことばは　ねんどのうつわ。
こぼたれ、

やがて　くずれおちるもの。
　クワイガ　メエダシタ！

いちわんの　こめをたべ
いちわんの　みずをする
ひとときの　用にたるのみ。
たちまちに　かさかさになり、
かたち　ゆがみ
くずれおちるもの。
　クワイガ　メエダシタ！
　ハナサキャ　ヒイライタ！

小学生の　ねんどざいく。
期待ばかりが　おおきくて
えのぐで　ぬりたてては
みるものの、
ひにてらされて　いろがさめ、
やがては　ただの

つちの　ひとくれ
　クワイガ　メエダシタ！
　ハナサキャ　ヒイライタ！
　ハサミデ　チョンギルゾ！

ときたちては
ただ残骸を　とどめるのみ。
ことば、ことば、
ねんどの食器。
天にむかって
わが
はきかける　つば。
　クワイガメエダシタ！

――『鶴見俊輔全詩集』所収

「クワイが芽出した、花咲きゃちょん切るぞ」というのは、京都大学に勤めていた頃、実家のある東京と往復する電車の中で耳にした、5歳くらいの子どもがお父さんと戯れるときに使っていたじゃんけんぽんの前言葉だそうです。子どもが「クワイが芽出した」と繰り返すのが、自分の耳に響き、いいなあと思って飽きずに聞き入っているうちに、鶴見さんの中で感応が始まったのでした。

言葉はねんどの器であるという感覚もまた、鶴見さんの言葉に対する俯瞰的な見方です。出てはチョンギられるクワイの芽と早晩変わらないのだと。

さて、この詩には反歌があります。

出鱈目の鱈目の鱈を干しておいて
夜ごと夜ごとに　ひとつ食うかな

――『鶴見俊輔全詩集』所収

この反歌は、鶴見さんが海軍の船で、敵国のラジオを傍受し、情報を部外秘の新聞にして太平洋を航行する各艦に送っていた頃のことを歌っているそうです。

当時、海軍は大本営から発表される情報だけに頼っていては戦争を遂行することはできませんでした。と言うのも、航海をしていると、大本営の話だと撃沈したはずの船が、水平線の向こうからやってくるということがままあったからです。ですから、敵が読む新聞と同じものを作れと言われた鶴見さんは、相手国のラジオを聴く。夜中に聴く。そうして、鶴見さんは戦争中の本当の戦況を打電するわけですが、それは大本営発表とはまるで違うものでした。

出鱈目とは、いいかげん、根拠がない、荒唐無稽という意味ですが、大本営の発表はまさにその出鱈目だったわけです。

嘘がまんなかにある。

その実感を、鶴見さんは、夜ごと、ラジオを聴くごとに、出鱈目の鱈目の鱈という干し鱈を食っているように感じていたということだと思います。

言葉への疑いを足場に

まんなかにあるもの。それが往々にして正しいとされること、正確さであるように勘違いしている世の中のありように対し、鶴見さんが幼少時からの体験によって疑う感覚を持っていたのは当然の成り行きでした。

さらに、「正確で精緻な論理はまがいもの（フェイク）だ」ということを、鶴見さんは、ハーバードのホワイトヘッドという数学原理の学者の最終講義で聞き、言葉に対する疑いを深めていきます。精密さは作りものであり、実はぼんやりしたものであっても、それが現実だということもある。そして、鶴見さんは精緻に論理的である哲学より、詩のような茫洋なところと矛盾を孕《はら》んだものに、おおらかで、ときにほころびのあるものに信頼を寄せていくのです。精緻な言葉で書かれた現代詩よりも、ネイティブアメリカン詩のような単純で素朴な詩の世界こそ信頼の置けるものでした。

最後に、それでも鶴見さんが荒地派の詩人たちに共感していた記述を紹介し、鶴見さんの足場を感じてみたいと思います。
鮎川信夫という詩人の詩作についての記述です。
戦後の鮎川は、戦争下に彼の育てた思想の核を、詩の運動にのみかかわらせる。

橋上の人よ
美の終りには
方位はなかった。
（「橋上の人」）

どの方向にでもまげられる関節をもち
安全装置をはずした引金は　ぼくひとりのものであり
どこかの国境を守るためではない。
勝利を信じないぼくらは……
（「兵士の歌」）

その視点は戦後日本の国際主義・平和主義・民主主義の国是ならびに大衆運動とよく似ていてしかもそれとむきあう「荒地」という詩の運動をつくった。鮎川の戦中手記は、今ではかくしておく必要が希薄になったために発表されたものだと言うが、この発表を機会に、戦中とも戦後ともちがう現代日本のさまざまな実物にたいして、軍隊に入隊した当時とおなじような初心をもって近づきもっとも罰をうける位置をとって新しく自己をかかわらせる方法を見出したことを意味するものとすれば、意外な収穫を、われわれはこれから十年後、二十年後に期待できる。

——『鶴見俊輔、詩を語る』より抜粋／初出は『展望』1965年2月号

この文章が書かれて半世紀近く時が経った2011年の震災後、私がお聞きしたかった鶴見さんのお話は、おそらくその後、日本は鮎川の詩に始まる収穫を得られたのかについての現在のお気持ちについてでした。私たちの時代は、鶴見さんが収穫を期待した意外な果実を全く取りこぼしてしまったのか。もし、致命的に取りこぼし続けたとすれば、それはなぜだったのか。

鶴見さんの詩集は、もしあのとき高橋源一郎さんを交えた鼎談が叶っていたら、こんな話になっていたのではと気づくきっかけを与えてくれました。

人間は常に、期待しながら生きる途上を生きている。だからこそ、人間語を話し、その先に生物語を話し、さらには存在語を話して死ぬ。この鶴見さんの言語感覚こそ、信頼に足るものであると思います。成熟ということの意味を、これほど見事に言い切った言葉を私は知りません。私たちは、本当に今を、自分自身の今を生きているのだろうか。あるべ

き今、あったかもしれない今、あってほしい今ではなく、死に向かって生きている今の自分に向き合えているのだろうか。

東日本大震災から4年後に亡くなった鶴見さんは、最期の頃、もうろくに憧れていたと言います。老いてもうろくすることこそを信じていたのだと思います。自分がもうろくしたと感じる歳になった私には、鶴見さんの言葉に救いのようなものを感じます。

第13章 寺山修司

虚構が現実を超える瞬間に賭ける

路上を駆け抜けた兄貴分

寺山修司という詩人について何かを語ろうとするとき、他の作家や詩人について語るのとは異なった気持ちになります。何と言ったらいいのでしょうか。作家について語るというよりは、いつも俗世にもまれ、傷つき、ひとつの時代を、ひとつの時代の路上を駆け抜けた兄貴分について語るような気持ちになってしまうのです。テレビで、何度か寺山が他の作家たちと座談をしている場面を見たことがあるのですが、寺山が引用するアメリカの詩人やヨーロッパの劇作家は独特で、たとえばハーレム・ルネサンスの指導者だったラングストン・ヒューズといった、わが国の文学史上にあまり顔を出さない、土着の作家である場合が多かったように記憶しています。そういえば、寺山はどこかでヒューズのことを、タングステン・ヒューズなんて言っておもしろがっていました。寺山は、アカデミズムの中ではなく、街角の路上で発見したマイナーな作家を読み込んでいたのだと思ったものです。青年期の私には、寺山は他のインテリゲンチャと違う、俗世の物知り博士のように見えたのです。昭和という時代は62年続きましたが、そのちょうどまんなかの時代、1960年代から1970年代、寺山修司はさまざまなジャンルにその才能を開花させました。

短歌、俳句、詩、戯曲・演劇、脚本・映画、評論……。こうしたほぼすべての文芸形式において、寺山は後にも先にも彼しか書けないものを書き残したのでした。

60年代から70年代は、日本のみならず、世界の先進国において学生運動、労働運動が盛んな時代でした。60年安保闘争、70年安保闘争が都度激化し、常にどこかの町で闘争があり、暴力が剝き出しになり、権力がそれを暴力で弾圧する光景が見られていたのです。経済は急激な成長過程にあり一億総中流というように人々の暮らしは豊かになりましたが、都市への集中と地方の過疎化が進み、地域間の格差が広がっていました。また人々の労働や価値観の急激な変化に、家族、職場、地域社会は無自覚で不用意な変容を余儀なくされました。また国外では、1960年に始まったベトナム戦争が泥沼化していました。意味のない戦争と、行き先の見えない反戦運動。誰もが、これから社会や国がどうなるのかわからないと感じていた時代だと思います。それはまた、進歩的な知識人たちが権力に抗って、饒舌に政治について語る時代でした。これに対し、寺山は政治的な発言をあえてしない立場をとった稀有な作家でした。寺山には、そうした社会の政治的現実よりもっとリアルなものがあったのかもしれません。寺山にとってのリアルとは何だったのでしょうか。

虚構に存在を賭ける

寺山は、1935年青森県に生まれています。終戦のひと月後、刑事だった父が南洋で戦死したとの報を受け、空襲で家を焼け出された母とともに親戚の家を転々とします。その後、母は米軍キャンプで働き、13歳で親戚宅に引き取られます。

寺山の作品には、母との記憶をときに抒情的に、ときに情念の世界において語るものが多いのですが、その中に、自分は汽車の中で生まれたという記述がよく出てきます。実際のところ、そういう事実はないのですが、寺山は自身の出生についてもそうしたフィクションを好んで書きました。もちろん、「家や病院ではなく、汽車の中で生まれた子」という生い立ちの作り話は、寺山自身の故郷との離別、または家族からの離別の精神に由来するものであると思われますが、おそらく、こうした作り話の中にこそ、語るべき世界があり、自分がいるという感覚を抱いていたのではないかと思います。つまり、通常、作家は現実の出自なら出自、経験なら経験を足場に、独自の視点と肉声に似た言葉によって自分の世界を描くものですが、寺山は作り話の中に、自らの経験や拠って立つ足場を築き上げようとしていたということです。

現実の出自など、寺山にとってはどうでもよかったのです。おそらく、「汽車で生まれた子」という言葉の連なり、その演劇性、虚構性自体に寺山は惹かれ、その言葉に逆にわが身を沿わせることに快感を得、本当の自分、といったものを見つけ出したのではないでしょうか。いや、自らが作り出す虚構に、存在のすべてを賭けるような生き方を選択したということかもしれません。人生は賭博である。これが寺山の人生哲学だったように思えます。
初期の長編詩に、こんな詩があります。

わたしのイソップ

1

肖像画に
まちがって髭を描いてしまったので
仕方なく髭を生やすことにした
門番を雇ってしまったので
門を作ることにした

一生はすべてあべこべで
わたしのための墓穴を掘り終ったら
すこし位早くても

死ぬつもりである
情婦ができたから情事にふけり
海水パンツを買ったから
夏が突然やってくる
子供の頃から
いつでもこうだった

だが
ときどき悲しんでいるのに悲しいことが起らなかったり
半鐘をたたいているのに
火事が起らなかったりすることがあると、わたしはどうしたらいいか
わからなくなってしまうのだ

だから
革命について考えるときも
ズボン吊りを
あげたりさげたりしてばかりいる
のである

いかにも寺山らしい詩です。

――『寺山修司詩集』現代詩文庫52所収

この作品では虚構が現実に先行している様子が描かれています。最初に読んだとき、こんな作家はこれまでいただろうかと驚きました。俳句に始まり、短歌、詩、戯曲と演劇、脚本と映画へと、舞台装置が大きくなればなるほど風変わりに、謎めいて無尽に湧き上がるこの男の嘘っぱちに、私を含め多くの若者が強く惹かれていったのでした。

演劇的な情景

さて、寺山の文壇デビューは短歌が始まりでした。いくつか紹介しましょう。

そら豆の殻一せいに鳴る夕べ母につながるわれのソネット

――「五月の詩・序詞」より抜粋／作品集『われに五月を』所収

売りに行く柱時計がふいに鳴る横抱きにして枯野ゆくとき

――「恐山全章・少年時代」より抜粋／歌集『田園に死す』所収

そら豆の殻の音、柱時計の音……。

乾いたそれらの音が一面の枯野風景の中に鳴る。まるで映画のワンシーンのようです。寺山の作品には、柱時計がよく登場しますが、これはおそらく、まだ土着の色濃い青森の旧家の、家族・血縁といったものを象徴する舞台上の小道具なのでしょう。

家をなくし、親戚宅に居候し、母とも暮らしていない寺山にとって、柱時計は幼年期の景色の象徴だったのでしょう。その大きな柱時計を横抱きにして売りに行く。いつもまっすぐかかっていた、または立っていた柱時計をはずし、横抱きにした柱時計が枯野で突然ボーンと鳴る。売るとは、家を脱出し、そのことにより家を壊すことを意味しています。

それにしても、売りに行くのになぜ枯野をゆくのか。いかにも作り物、つまり演劇的な情景です。

同じ歌集『田園に死す』にある次の短歌はどうでしょう。

大工町寺町米町仏町老母買ふ町あらずやつばめよ

古い町並みには、大工町や寺町などがありましたが、老母買ふ町などあるはずもない。老母買ふ町はないだろうかとつばめに問う寺山は、すでに虚構の中の存在なのです。老母とは、寺山自身の母のことだと思われますが、老母を買う町という、姥捨ての山よりも強烈な世界を寺山は描いています。前後にも、

暗闇のわれに家系を問ふなかれ漬物樽の中の亡霊

——歌集『田園に死す』所収

亡霊や地獄、間引き、屍、釘、などという物騒な言葉がこの連作には登場し、読者を寺山独自の情念の世界に引き込んでいきます。これは彼独自の虚構世界ですが、それにしてもなぜこれほど過剰なまでに地獄絵的な世界を繰り返し表現したのでしょうか。

別の歌集には

冬の斧たてかけてある壁にさし陽は強まれり家継ぐべしや

——歌集『空には本』所収

という短歌があり、ここでも斧が登場します。斧とは、母殺し、父殺しの道具でしょう。寺山は短歌の中で、何度も父を殺し、母を殺し、親族を、故郷を、国家を殺し続けます。これらの劇的なシーンは、寺山が単独の世界を作り上げるために必要な道具立てであり、仕掛けです。すでに、演劇的なものが色濃く表れています。

マッチ擦るつかのま海に霧ふかし身捨つるほどの祖国はありや

――「祖国喪失」より／作品集『われに五月を』所収

波止場で男がマッチを擦り、煙草に火をつけようとしている。まるで日活アクション映画のワンシーンですね。少し安っぽい。つまり、作られた場面。演出が見えます。そして、「身捨つるほどの祖国はありや」はセリフのようでもあります。そう考えると、「家継ぐべしや」、そして「大工町……」の短歌のつばめに問う言葉も、セリフっぽいですね。

おそらく、寺山にとって、祖国や社会などは、身を挺するに値するものではありませんでした。それらは彼にとってリアルではなかったからです。むしろ、虚構の世界に寺山のリアルがあった。家族からも、故郷からも、社会からも脱却し独立し、単独に自分の世界を虚構することこそが自分のリアルだったのです。

居場所のない若者たちの支持

大学に入学して、19歳のときに寺山は腎臓を病み、ネフローゼと診断されます。友人の横尾忠則には、長くは生きられないと言っていたとのことで、死を意識していたことが窺われます。

その後、詩人、劇作家としても脚光を浴び、1967年に劇団天井桟敷を結成します。「演劇実験室」を標榜した前衛演劇、つまり、当時一世を風靡したアングラ劇団のひとつとして天井桟敷は人気を誇り、多くの若者に支持されたのでした。

当時人気のあったアングラ劇団と言えば、唐十郎率いる状況劇場、通称赤テント、佐藤信主宰の通称黒テント、鈴木忠志《すずきただし》や別役実《べつやくみのる》の早稲田小劇場(現SCOT)などがありました。

どの劇団の芝居も、従来の新劇が行っていた額縁舞台の翻訳劇とその自然主義的演技術を否定する姿勢をとりました。まず舞台を観客席と離れた額縁ではなく、テントや工場やビルの一室、野外や街頭、教会や神社仏閣など、劇場と呼ばれる空間ではない場所に設定し、役者と観客が近づくようにし、ときには歌舞伎の花道などを作りました。客席は狭く、桟敷席にして身体的苦痛を味わうことで客にも劇に参加しているような感覚を呼び起こしました。彼らの芝居はたいていリアリズムとはまるで違う、大仰な演技でした。戯曲の役を演じる駒としての役者ではなく、劇とは役者であるとでもいうようなありかた、それは劇を言葉から肉体へ移行させ、肉体の復権を謳う運動のように捉えられたものでした。

渋谷の明治通り近く、並木橋にあった天井桟敷館は、地下の小さな劇場と事務所、稽古場、サロンがひとつのビルにあり、多くの若者が出入りしました。天井桟敷の旗揚げ当時、寺山は30歳を過ぎていました。寺山のもとに集まってきたのは、家出少女や大学を中退した学生、アーティストなど、いずれも現実の世界の中に自分の居場所を持てない若者たちでした。

私が早稲田大学に入ったのは1970年のことですから、その前後、渋谷道玄坂の「ライオン」という名曲喫茶に毎日通い始めた頃と天井桟敷の初期の活動はちょうど時期を同じくしています。

詩を書き、党派的な学生運動がイヤでガリ版を刷ってひとり街頭や大学構内で配っていました。私もまた、居場所を失った若者のひとりでした。私は、同人誌を作り、それを寺山さんに送ったことがあります。丁寧なお礼のお手紙が返ってきました。天井桟敷館にも何度か通いました。小さな劇場とも言えない劇場は、黒いパンチ（硬めのフェルトのじゅうたん）が敷き詰められ、黒いカーテンで目張りされただけの空間でしたが、そこで繰り広げられるのは、なんとも不思議な、そして蠱惑的《こわくてき》な世界でした。まるで見世物小屋のようでした。犯罪に通じる異様な匂いもどこかから漂う気がして、どきどきしたことを覚えています。

それらはすべて、寺山のいかがわしさへの郷愁とこだわり、どこまでも虚構の世界にこだわり、はりぼての紙にペンキを塗りたくった、安っぽい、嘘ものの時空間だったのでした。

敗者の味方

赤テントの唐十郎の世界もまた、少女や異形の者の視点、彼らが主人公である独自の虚構世界を描きました。ラストシーンで舞台奥のテントがガバッと開き、唐や主演女優の李麗仙がその奥のたとえば花園神社の暗闇という現実の世界に去っていく。虚構と現実が地続きであることを示す仕掛けに、観客は歓声をあげました。

早稲田小劇場の鈴木忠志は、役者の身体を、歌舞伎など日本の伝統芸能の技を取り入れ、独特の身体訓練のすえに従来の日本人らしい重心の低い演技に合った身体へと作り変えました。その身体であえてギリシャ悲劇を演じる。子殺しを犯したギリシャの王妃。ラストシーンで演歌が流れると同時に、戦争で子を失くし焼け野原で茫然と立ち尽くす年老いた日本人の母と、ギリシャの王妃のイメージが重なります。こうした重層的な構造は、現実を、よりリアルに感じるための仕掛けであることに力点が置かれていたわけです。

しかし、寺山は違っていたと思います。彼にとって現実は薄いベニヤ板か模造紙を重ねた「書き割り」に過ぎなかった。小さなナイフを刺し込めばすぐに破れていくようなやわではかなく、安っぽいのが現実であり、対して虚構とは永遠の嘘であり、種明かしなどできない繊細な言葉の城であることを寺山は信じようとしていたのです。

ですから、寺山の演劇は、たとえそれが街中で繰り広げられようと、私たちを現実に接続しません。むしろ、現実から一歩離れて迷い込んだ路地裏で、見てはいけないのぞき穴を見る犯罪者、共犯者へと誘いました。

寺山は漫画『あしたのジョー』にひどく肩入れし、講談社で実際に行われた力石徹の葬儀委員長までしています。矢吹丈（ジョー）は寺山自身だったのです。ジョーが対戦した相手のひとりに、韓国人の金竜飛というボクサーがいますが、金は朝鮮戦争の動乱で母を失い、餓えを凌ぐための食べ物を争奪して悲運にも父を父と知らずに殺してしまった過去がありました。そうした強烈な現実が強いる暴力に揉まれて生きてきた金に対し、ジョーは小さな少年院でケンカを教わっただけのボクサーであり、生死を分ける現実の闘争を勝ち抜いてきた金とは違い、狭いリングという仮構の戦場で戦っているだけです。

金竜飛と矢吹ジョーの戦いには、現実と虚構の戦いというテーマがありました。しかし、寺山は虚構に、自分の全重量を賭けようとしたのです。虚構であっても、現実を凌駕することができるかもしれないという可能性を信じようとしました。

ボクシングや競馬、野球を批評し、秀逸なエッセイを書いたのも、リアルな現実よりも虚構に重心を置いた寺山らしい活動でした。そして、賭けは最終的には必ず負けてしまいます。寺山の視点はどこまでもアンダードッグ、負け犬のそれでした。遍歴する商人、河原乞食、場末のバーテンダー、ソープ嬢、犯罪者、被差別部落の人間、そうした苦界の人々のまなざしを通し、表層だけが豊かになっていく人々の暮らし、家庭の幸せの実現などにも背を向けても、敗者の味方であり続けようとしました。

虚構とヒューマニズム

『日本の名随筆　別巻73　野球』には、寺山のエッセイが掲載されています。「野球の時代は終った」というタイトルで、寺山は野球がナイター試合となり、サラリーマンがビール片手にマイホームで観戦する時代となったことを嘆いています。

……まだ街のあちこちに空襲の焦土が残っている広場に、私たちはゴムのボールを一つポケットにしのばせては集まってきた。私たちに初対面の挨拶と言うのはなかった。私たちはただ、ボールを見せて「やるか?」とだけ言えばよかったのである。

それは、言わばもっとも単純なコミュニケーションであった。

ことばのかわりに、見知らぬ他人とボールをかわす。そして確実にそれを受け止めてから、また相手に投げ返してやる。

そのキャッチボールの反復の中で、次第に人間相互の信頼といったものが、生まれてくる。ことばにならら裏切られるかもしれないが、ボールにならら裏切られる心配はない。

だから、大戦で日本人同士が失ったものをとり戻すのには、キャッチボールほど手ごたえのあるものはなかったように思われる。

私は、夕焼の空に無数に交錯するキャッチボールを見た。それは、どんなに素晴らしい会話よりももっともっと雄弁に見えたし、どんなに長い握手よりも、もっともっと手をしびれさせたものであった。

私たちは野球は「する」ものだと思っていた。

……野球ばかりではない。「する」から「見る」に変ったのは、戦後のサラリーマン文化の特質であって、しだいに客体的人間になりきることで不満を解消しようとするのは現代人の安っぽい「幸福論」である。

「何か面白いことはないか」ということばを口ぐせにして、「面白いこと」を「する機会」よりも「見る機会」を待っている。

こうした視姦症的な無気力な人たちを見ていると、私はつくづく野球の時代は終ったなあ、と思ってしまうのである。

私は回顧するには若すぎるが、キャッチボール・エイジがなつかしい。愛とか連帯とかいったことばが既に死にかけて、ただ空疎な無力感が支配しかけている時代にあっては、見知らぬ人たちにボール一つを持って「やるか?」と言えば気心が通じたような日々こそが本物だったような気がしてくるのである。

むろん、ボールがなくてもいいではないか。

見も知らぬ人たちに、キャッチボールを誘いかけることが、一つの人間らしさの復権につながっていたように、見も知らぬ女や見も知らぬ老人に「話しかける」ことからはじめて、再び「野球的ヒューマニズム」を恢復させたいというのが私のねがいである。

……私は、「する」野球にこそ本当の生き甲斐への道標がしめされていると思っているのである。

Let play everybody!

(みんなに、やらせよう)


――「野球の時代は終った」より抜粋/『日本の名随筆 別巻73 野球』所収

最後の英文には訳がついていますが、このplayはもしかしたら芝居かもしれないと思ったりします。寺山は、芝居を通してキャッチボールをしたかったのかもしれないと思います。だとしたら、言葉の魔術師と呼ばれた寺山は、その才能と裏腹な、肩すかしに感じるほど単純で素直な人間的願望を抱いていたとも言えます。
寺山は、１９８３年に病気で亡くなります。遺稿は一篇の詩でした。

遺稿

懐かしのわが家

昭和十年十二月十日に
ぼくは不完全な死体として生まれ
何十年かゝって
完全な死体となるのである
そのときが来たら
ぼくは思いあたるだろう
青森市浦町字橋本の
小さな陽あたりのいゝ家の庭で
外に向って育ちすぎた桜の木が
内部から成長をはじめるときが来たことを

子供の頃、ぼくは
汽車の口真似が上手かった
ぼくは
世界の涯てが
自分自身の夢のなかにしかないことを
知っていたのだ

――「朝日新聞」1982年9月1日

外に向かって育った、汽車の口真似が上手かった少年寺山修司は、自分自身の内部に膨れ上がってくる虚構の世界の中に、世界の涯てを見続けるようにして、作品を発表し続けたのです。

生活者の芯

第14章 石垣りん

縁について

石垣りんという詩人について、当初私はあまり深い関心を抱いていたわけではありませんでした。

あるとき、彼女の詩を漠然と読んでいたら、「荏原中延《えばらなかのぶ》」という、私が現在生活している地名が出てきてハッとしたことがあります。

彼女の略歴を読んでいると、彼女は私が以前住んでいた「雪が谷《ゆきがや》」という池上線沿線にも居を構えていたとあり、私は彼女がずっと私と同じ空間に生きていたことに、因縁を感じないわけにはいかなかったのです。偶然がふたつ重なればそれはもはや偶然ではないというのが、私が経験的に学んだことでした。

2000年前後のことです。

私は東急池上線の雪が谷駅近くの空手道場に出入りしていました。

もともとは田園コロシアムで発祥した空手道場が、コロシアムの取り壊しにともない、近所の商店街にあるホールを間借りしながら稽古を続けていたのですが、最終的に、篤志家が雪が谷駅近くに道場を作ってくれ、そこで稽古ができるようになったのです。

稽古が終わると、「コロラド」という昔ながらの喫茶店で師範を囲んで、指導員の私も道場のあれこれについて話し合うのが常でした。

雪が谷大塚のコロラドはさほど大きな喫茶店ではありません。客席は20もなかったと思います。私たちはいつも店の奥にあるテーブルを囲みました。道路沿いには窓辺の席があります。窓辺の席には、いつも常連さんが座っていました。近所の商店街の旦那が息抜きをしていたり、買い物の合間に井戸端会議をする奥さんがたがいたり。私は何度か、小柄なおばあさんが、時折黒いベレー帽をかぶってコーヒーをたしなんでいる様子も見かけたように記憶しています。詩人の石垣りんは、最終的にこの雪が谷に移り住み、喫茶店コロラドには彼女の指定席があったのです。ひょっとしたら、私が会ったあの老婦人は石垣さんだったのかもしれません。

2011年に東日本大震災が起こり、同年に母が急死。父の介護生活が始まりました。東急池上線の久が原《くはら》の実家のことは今までに何度も書いてきましたが、そこには父母が戦後すぐに移り住んで以来営んでいた工場があり、工場とひと続きの家がありました。母が亡くなり、私は世田谷等々力《とどろき》のマンションから実家に移り住み、父の介護を始めました。

実際に戻ってみると、家は積年の老朽化で住みづらく、不要なものの山で、ものを捨てられない母が使うあてもないのにまとめ買いした下着などが、そこらじゅうに詰め込まれていました。ヨーロッパやアメリカで会社を作り、遠い世界をさまよってみた私は、結局昭和が時間を止めたままのような実家に、タイムスリップしたような感覚を覚えながら居着いたのでした。

程なく父が亡くなり、私は久が原の隣の駅に実家とは別の部屋を借り、友人たちとお金を出し合って、同じ池上線沿線の荏原中延に喫茶店を作りました。

荏原中延は、長い商店街が今も健在です。隣町珈琲という喫茶店は現在は荏原中延のアーケードの中にあるのですが、設立の当初は、その商店街の端から道を折れたところにありました。当時の隣町珈琲があった場所からすぐのところに、品川区荏原文化センターがあります。文化センター内には図書館があり、その周辺には児童遊園があり、小学校があります。この広大な土地の以前の姿を私は知っています。同潤会住宅と言われた木造の長屋群がこの地に、関東大震災のあと、住宅を失った人々に供給されたのでした。この住宅群はとても不思議な作りでした。共同の井戸のある中央から同心円状に道が造られ、その弧をなぞるように住宅がびっしりと並んでいました。小路は建て増したひしめく住宅によって時代を経るにつれ狭小になり、そこでは互いの暮らしが極限まで隣接していました。

ひとの暮らしとはつまるところ、食べることであり、眠ることであり、そして排泄することです。家々がそれだけ近いということは、ひとつの家の中ではさらにひととひとの距離が限りなく近いということです。血縁だから許せる生きる人間としての営み、互いの距離、そんなものがあるように思います。しかし、荏原中延の同潤会住宅は、下町場末の工場街に生まれ育った私であっても、息が詰まるような閉塞感と圧迫感のあるところでした。私はそこに踏み込むと、どこか別の世界に迷い込んでしまったような焦りを感じ、身構えたものでした。同時に、城塞に囲まれたアラブのカスバとはこんな場所なのではと、異世界を感じたのでした。

生い立ちと詩の主題

石垣りんは、東京赤坂に生まれています。

1920(大正9)年に、代々の薪炭商を継いだ父と伊豆から嫁いだ母のもとに長女として生まれました。3年後の1923(大正12)年、関東大震災が起こります。震災時にりんの母は重傷を負い、1年後に4歳のりんと生まれたばかりの妹を残して亡くなりました。父は3年後、亡妻の妹を後妻として迎えますが、その後妻とも死別し、結局りんが18歳になるまでに父は3人の後妻を迎えたのでした。同時に、りんは義母だけではなく義妹や義弟を家族として迎えることになったのでした。

14歳のとき、尋常小学校を卒業したりんは、日本興業銀行に事務見習いとして勤め始めます。1945(昭和20)年の東京大空襲で赤坂の店も家も焼き出されたあと、一家は東京下町の長屋に住み込みますが、終戦後、急速に電化やガス化が始まった東京の町で薪炭商は下火となります。戦地から帰った義弟も仕事に就くことができず、結局、りんが一家の経済を支えることになりました。
石垣りんの詩に現れる家、住まい、そして足跡を辿ると、りんの家族は荏原中延の同潤会住宅に住んでいたのではないかと想像してしまいました。どうやら実際のところは違うようなのですが、同潤会地区ではなくとも、この町のどこかの、あのカスバのような狭隘《きょうあい》な長屋、城塞を思わせる濃密な空気と、何かが瓦解する寸前のような緊張感や絶望がひしと漂う町で、父と3人の義母と弟ふたりと一緒に暮らしていたのだと思います。石垣りんの詩の主題のひとつは、この重苦しい日本的な家や家族でした。

家

夕刻
私は国電五反田駅で電車を降りる。
おや、私はどうしてここで降りるのだろう
降りながら、そう思う
毎日するように池上線に乗り換え
荏原中延で降り
通いなれた道を歩いてかえる。

見慣れた露地
見慣れた家の台所
裏を廻って、見慣れたちいさい玄関
ここ、
ここはどこなの?
私の家よ
家ってなあに?
この疑問、
家って何?

半身不随の父が
四度目の妻に甘えてくらす
このやりきれない家
職のない弟と知能のおくれた義弟が私と共に住む家。

柱が折れそうになるほど
私の背中に重い家
はずみを失った乳房が壁土のように落ちそうな

そんな家にささえられて
六十をすぎた父と義母は
むつまじく暮している、
わがままをいいながら
文句をいい合いながら
私の渡す乏しい金額のなかから
自分たちの生涯の安定について計りあっている。

この家
私をいらだたせ
私の顔をそむけさせる
この、愛というもののいやらしさ、
鼻をつまみながら
古い日本の家々にある
悪臭ふんぷんとした便所に行くのがいやになる

それで困る。

きんかくし

家にひとつのちいさなきんかくし
その下に匂うものよ
父と義母があんまり仲が良いので
鼻をつまみたくなるのだ
きたなさが身に沁みるのだ
弟ふたりを加えて一家五人
そこにひとつのきんかくし
私はこのごろ
その上にこごむことを恥じるのだ
いやだ、いやだ、この家はいやだ。

――『私の前にある鍋とお釜と燃える火と　石垣りん詩集』所収

難解な言葉も表現も、遠回しな暗喩も直喩も使わず、石垣りんは、誰もが生きる中で抱く、または自分が負った傷に気づいたときに浮かび上がってきた率直な感情を、正直に描き出しています。

反歌の表題の「きんかくし」を知らない世代も多いと思いますが、和式の便器のことです。このように、彼女は通常、詩には使われない言葉を実に効果的に使う詩人でもありました。小便で変色し、悪臭を放っているきんかくしこそ、彼女が暮らしていた当時の家の象徴であり、このきんかくしを毎日雑巾で拭き掃除するのが女の仕事だったのです。美しいもの、さわやかで心地よいもの、たとえば虹や風を描くのが普通の詩だとするならば彼女の詩のモチーフはその対極の、たとえば詩集のタイトルにあるように台所で使い古された鍋や釜でした。

さらに言えば、彼女の詩からは、通常の詩のような高揚や哀愁や喜びや希望というようなもの、センチメンタルな読後感を味わうことはほとんどできません。むしろまるで反対の働きが起こる。それは、与えられるというより、剝ぎとられるような感覚ではないでしょうか。何が剝ぎとられるのか。それは日々の暮らしの中で自分を守るために被った鎧。見ないようにかざした目の覆い。感じないように張った心の膜。そこには嘘、偽り、弱さ、疵《きず》、愚かさ、欲望、そうしたものが沁みついています。生活する人々のあちこちに付着したそれらの目に見えない染みを直視して書いた石垣りんの詩に、私たちは自分たちの表面的な暮らしに潜むごまかしやあきらめを見つめざるを得なくなります。詩を読むことにより自らの欺瞞性が炙り出されるような気持ちになります。石垣りんの詩を読むのは、怖い体験でもあるのです。

体温と匂いと感覚と

石垣りんの目は、封建的で権威主義的な存在、それは家族だったり、会社というもの、国家というもの、あるいは社会、男女（ジェンダー）だったりと、今日まで残存している「日本封建制の優性遺伝子」（吉本隆明の言葉）を凝視しています。その視線は、女性の自立、女性の職業選択、教育といったことにも向けられていきます。彼女は、こうした誰もが共有している近現代の問題を、平易な言葉で、真正面から表現しました。

彼女の作品のテーマから、社会的あるいは政治的主題をいち早く描いた詩人として簡単に捉えられがちですが、彼女の詩は単純な政治詩でもなければ社会詩でもありません。戦後詩のひとつの潮流となったプロレタリア詩でもない。民衆詩人、生活詩人としては捉えられるでしょうが、その範疇《はんちゅう》だけにはとどまらない普遍性を持っています。人間の赤裸々な姿を描くという点では、石垣りんの後を継ぐような存在である伊藤比呂美も、彼女の詩を編じた際に改めて驚愕したと述べています。

ではその力はどこから来るのか。源泉のひとつは、彼女の言葉が、社会や政治、男女というものを概念的に、頭の中で作り上げたものではなく、「現場、現実、実物」の世界を体験することの中から生まれたものであり、そこに身体的な体温、匂い、感覚が息づいていることにあります。

働き、お金を得、食べ、排泄し、眠り、家族と呼ばれる人々と暮らすということ。その生きてゆくための根源的な営みは、戦後の豊かになったと言われる日本では相対的に注目されなくなりました。そんなことを考えなくても生きていけるようになったからです。しかし、石垣りんは、生きることの根源的な営みに焦点を当て続けたのでした。逃げたくても逃げられない家、家族と日夜その営みを繰り返しながら、彼女は自分の確かな、足場を踏み固めていったのです。彼女にそのような強さをもたらしたものは、幼少時から積み重なった自分を取り巻く世界への違和感に対する強いこだわりでした。実母の死と実妹との別れを経ながら、変貌する東京駅近辺にある銀行に、戦前戦中戦後と長年勤め続け、夕刻そこから対照的な場所である荏原中延のおんぼろ長屋に戻る毎日には、戦後社会の物質的豊かさという目くらましは通用しなかったのでしょう。家族を養う大黒柱として逃げ出すこともできず、見つめ続けることしかできなかったひとりの女性は、そこに立ち上がる激しく強い感情と、美しいとは到底言えない現実を受け入れ暮らすことの間で苦悶します。

くらし

食わずには生きてゆけない。
メシを
野菜を
肉を
空気を
光を

水を
親を
きょうだいを
師を
金もこころも
食わずには生きてこれなかった。
ふくれた腹をかかえ
口をぬぐえば
台所に散らばっている
にんじんのしっぽ
鳥の骨
父のはらわた
四十の日暮れ
私の目にはじめてあふれる獣の涙。

――『表札など　石垣りん詩集』所収

石垣りんは生涯に4冊の詩集を出しています。1冊目の詩集である『私の前にある鍋とお釜と燃える火と』は1959年の刊行。小学校時に始めた詩作は彼女の才能を開花させ、勤め先の労働組合の新聞に詩が掲載されることもありました。折しも高まった労働者の文化活動の流れの中で、彼女の作品は、生活者の詩として取り上げられ、自身もそう自覚していったのでした。2冊目の詩集『表札など』の発刊は1冊目の発刊から約10年後（1968年）になります。物質的な豊かさとともに労働運動は下火となり、政治の季節も終わりを告げようとしているときでした。彼女の詩作は時代や社会、彼女が暮らす空間と切っても切り離せないものでしたが、労働運動の流れに乗って書かれた詩は、石垣りんという個人に立脚した詩へと変わっていきます。その約10年後の1979年に3冊目の詩集『略歴』を出しています。この2冊の詩集の発刊の合間に、彼女は14歳の少女の頃から勤めた銀行を55歳で定年退職し、そのことについて、そして彼女にとって詩を書くことの意味についてあとがきでこのように触れています。

長いとも短いともいえない不思議な歳月をかえりみるとき、ただ自分が生きるのに精一杯で、他者のしあわせに加担することなく、そればかりか反対の方に加担してきたのではないかと、あまりに遅く気付かされています。何に向かってか、ゆるしを乞わずにはいられません。

……私は夢中でした。夢中で働いてきたのか、夢中で怠けてきたのかわかりません。詩はその余のこと。その余のことがわずかに私を証明してくれているようでもあります。

この、手に乗るほどの証明書を差し出すことで、ご覧下さる方のこころの門を通していただけるでしょうか。

――「あとがき」より抜粋／『略歴　石垣りん詩集』所収

石垣りんにとって、詩作が生きる上でどれほど重要なものであったのか、この短い文章にその感触を知ることができるように思います。

戦後の日本という時代を生きた石垣りんは、同時代に生きた茨木のり子とともに戦後を代表する女性詩人として、並べて語られることがあります。同じように社会に対する違和を感じ取った内容だったとしても、どちらかといえば、茨木のり子の作品の方が親しみやすく、受け入れやすいものがあるかもしれません。茨木のり子が、人種差別について詩やエッセイを書いたり、韓国の詩を紹介したりしたのは、もしかしたら、石垣りんの影響があったのかもしれません。ふたりがブランコに乗っている姿を写した写真が残っていますが、このふたりが戦後の詩人として同時代に存在していたことは、とても大きな意味があります。

表札

自分の住むところには

自分で表札を出すにかぎる。
自分の寝泊りする場所に
他人がかけてくれる表札は
いつもろくなことはない。

病院へ入院したら
病室の名札には石垣りん様と
様が付いた。

旅館に泊っても
部屋の外に名前は出ないが
やがて焼場の鑵《かま》にはいると
とじた扉の上に
石垣りん殿と札が下がるだろう
そのとき私がこばめるか？

様も

殿も
付いてはいけない、
自分の住む所には
自分の手で表札をかけるに限る。
精神の在り場所も
ハタから表札をかけられてはならない
石垣りん
それでよい。

——『表札など　石垣りん詩集』所収

石垣りんの代表作と言われる作品です。
「様」や「殿」がついてしまうことの何を懐疑しているのか。彼女は何を拒んでいるのでしょうか。「私は石垣りん様でも、石垣りん殿でもない。石垣りんというひとりの生きている人間だ」。私たちは空気のように私たちを支配している、世間の因習から自由でなければならないと警告されているのです。いや、自分自身がそのような場所に立つことを決意しているのかもしれません。

石垣りん
それでよい。

この2行は石垣りんという詩人の闘争宣言のように響いてきます。こんなにも素直で、向日的に、この世界の歪みを示した表現を私は知りません。

石垣りんは、2004年に亡くなりました。自分が支え続けた家族の墓には入らず、広大に広がる伊豆の海が見える実母の墓にふたり眠ることにしたのです。石垣りんはよく海のことを布団と表していました。常に何かと闘い続けてきた石垣りんは、大きな布団に抱かれ、母とともに在ることの叶った伊豆で、ようやくゆっくりと眠る時間を手にすることができたのだと思いたいところです。

第15章

吉本隆明と立原道造

硬質な抒情の前線

戦後5年の風景から

吉本隆明の代表的な詩に、「ちひさな群への挨拶」があります。吉本は、『固有時との対話』という自己省察の北限とも言える長編詩を書き上げたあと、新たな境地へ歩み出すための詩を書き始めます。それが『転位のための十篇』という詩集にまとまり、その一篇がこの詩です。

あたたかい風とあたたかい家とはたいせつだ
冬は背中からぼくをこごえさせるから
冬の真むかうへでてゆくために
ぼくはちひさな微温をたちきる
をはりのない鎖　そのなかのひとつひとつの貌をわすれる

――「ちひさな群への挨拶」『転位のための十篇』より抜粋／『吉本隆明全著作集1 定本詩集』所収

「あたたかい風とあたたかい家」とは、庶民の暮らしそのもの、日本に残る伝統的な家族共同体、村落共同体の喩えです。そうしたものが、どれほど大切なものかを実感しながらも、吉本隆明はそうしたもたれ合い、助け合う共同体と別れを告げようとしています。

1950年に発表された「固有時との対話」は、たとえて言えばモノクロームの絵、または、暗い部屋に逼塞して内面を見つめ続ける中で書かれたような詩です。その風景は戦後5年という時間の中で吉本の胸中に刻まれてきたものでした。1950年とは、私が生まれた年でもあります。それは戦後の日本をアメリカ軍が実質統治していたオキュパイド・ジャパンの時代が終わる直前の時期にあたります。

国家ばかりではなく、個人の意識も、生活も、新たな段階へ歩み出そうとしていました。転位。吉本は、どこからどこに転位しようとしたのでしょうか。

立原道造の影響

「あたたかい風とあたたかい家」という言葉には、否定と肯定の二重の意味が託されています。それは、生活者の誰にも心当たりのある感覚です。ここには、父母の愛情に包まれた幼年期の記憶があると同時に、陰湿なしがらみや馴れ合いといったネガティブな感情も含まれています。そうしたアンビバレントな感情は、近現代の詩の中で、抒情詩の形で歌われてきました。
吉本は、初期の頃、この伝統的な抒情詩の伝統の延長上で、詩を書いていました。

夕べの風信よ!
軒端に忘れられた掛けひもに
そつと掛けられていた冬の象よ!

わたしは想いおこした
雪の夜更けに
祖父《おおちち》の瞋りが溶けていつたことを
二人は掌をかざして
巨きな火鉢を囲んでいた
それから
祖母《おおはは》の雪娘の物語が
硝子戸を揺すぶつていつた

数々の物語のうち
とりわけ関わりもないことが

いつも愉しませた
〈森の木が伐り倒され
河を流れ下つた
とある日桃がぽとんと落ちこんで
幾月も流れていった……〉

夕べの風信よ！
歪められた追憶のなかを
微かに運ばれてきた
誇りかにさては辛く閉じられて

いまは忘れられたひとつの物音のように

――「Ⅵエリアンの詩（Ⅰ）」『エリアンの手記と詩』より抜粋／『吉本隆明全著作集1 定本詩集』所収

この詩は、吉本の習作期の詩です。勁草書房の吉本隆明全集の解題によると、この詩の発表は1949年3月20日『詩文化』3月号ということになっています。戦後の時代を象徴する思想家が、このような抒情的感受性溢れる詩を書いていたことは記憶しておいてよいと思います。そして、抒情詩人としての面目は、後年の社会性の色濃い論文や、詩論を書き続けているときも、手放すことはなかったように思えるのです。

彼はこの頃、四季派という、純粋な抒情というものを重んじた人々の詩の影響を強く受けていたように思えます。その代表的な詩人が、立原道造でした。

四季派とは、戦前から戦後すぐの時代に活躍した詩人のグループであり、『四季』という詩の同人誌を発刊した人々です。

第1次同人誌は、1933年に堀辰雄が編集して創刊。小林秀雄、室生犀星らが執筆し、春秋に発刊しました。

第2次は、1934年10月に月刊で発刊。三好達治、丸山薫、堀辰雄らが編集し、萩原朔太郎、立原道造、中原中也が同人として詩を書きました。

『四季』は、戦争終結の前年、81号をもって終刊します。その後、1946年に再び続刊されましたが、すぐに休刊。その後、約20年後に第4次『四季』が発刊されました。

同時代の詩人グループとしては、これまでも何度か紹介した荒地派があります。

戦争を体験し、加害の思いや戦後社会への絶望と孤独、自己の崩壊といった生々しい傷を描いた社会派の詩人グループ、荒地派の詩は60年代、70年代の若者の心を捉えましたが、一方において日本的な抒情詩も、根強い人気を保っていました。

吉本は50年代に詩人としての代表作『固有時との対話』および『転位のための十篇』を発表します。そして懊悩を抱えながら街頭の政治闘争に就いた多くの若者たちの心を捉え、強く影響を与えたのでした。その作品は、思想詩でありながら、同時にみずみずしい抒情的な雰囲気も併せ持つものでした。吉本の詩を、プロレタリア詩から隔てていたことのひとつに、立原道造の影響があったと私は思っています。

はじめてのものに

ささやかな地異は　そのかたみに
灰を降らした　この村に　ひとしきり
灰はかなしい追憶のやうに　音立てて
樹木の梢に　家々の屋根に　降りしきつた

その夜　月は明かつたが　私はひとと
窓に凭れて語りあつた（その窓からは山の姿が見えた）
部屋の隅々に　峡谷のやうに　光と
よくひびく笑ひ聲が溢れてゐた

――人の心を知ることは……人の心とは……
私は　そのひとが蛾を追ふ手つきを　あれは蛾を
把へようとするのだらうか　何かいぶかしかつた

いかな日にみねに灰の煙の立ち初めたか
火の山の物語と……また幾夜さかは　果して夢に
その夜習つたエリーザベトの物語を織つた

――『立原道造詩集』現代詩文庫1025所収

抒情的で内向的な立原の詩は、60～70年代の政治的季節の中で、マッチョな男性にとっては到底真正面から受け入れられるものではありませんでした。一般的には「立原の甘い詩なんて……」といったところだったと思います。

それでも感受性の鋭い若者にとっては、立原道造の詩の言葉は、特別の輝きを放ち、すべてを捨ててその世界へ逃避してゆきたいと思わせるような力を持っていたのです。

優しい言葉で書かれたこの詩ですが、どこか謎めいたところも感じられる作品です。ソネットと呼ばれるヨーロッパでは古典的な14行詩で書かれたこの詩は、戦前昭和の、1937（昭和12）年に発刊された立原の第1詩集『萱草《わすれぐさ》に寄す』の冒頭に置かれています。

「地異」とは噴火のことで、噴火したのは、立原がこの頃毎年夏を過ごした信州の信濃追分から見える浅間山です。立原が信濃追分に寄宿していた1935（昭和10）年前後、浅間山は毎年小噴火を繰り返していました。立原は、油屋という旅館に泊まってその噴火を体験したのでした。小さな噴火でしたが、マグマの活動という熱を帯びたもののうごめきは、立原の内面に起こった個人的な心の葛藤や異性に対する憧れを象徴しているかのようでした。

第1連の広々とした自然の風景の描写から始まり、第2連では部屋や峡谷の限られた空間に目が転じます。そして、「ひと」との見えない心の交錯の中で、鎮まった火の物語に自分の恋の物語の終わりを重ねます。

藤原定家の歌の本歌取りをし、自らが翻訳したシュトルムの名作『みずうみ』の女主人公エリーザベトを登場させ、この悲恋の物語を自らの境遇に重ね合わせる巧みな構造になっています。

言葉に超越的な響きを持たせる稀有の技術を、この若い詩人は身につけていたのです。ちなみに、「いかな日にみねに灰の煙のたち初めたか」は、定家の次の歌を元にしています。

いまぞ思ふ　いかなる月日ふじのねの　みねに烟の立ち初めけむ

このときの立原道造、弱冠20歳。この若さで、定家の歌境に通じていたのでしょうか。一体この早熟でいて、永遠に青年期を生きたように見える立原道造という詩人は、どのように生まれ、どんな生活を送っていたのか興味が湧いてきます。

立原は1914年に東京日本橋で荷造り用木箱を製造する職人の家に生まれました。5歳で急逝した父の家督を継ぎますが、若い頃から詩に造詣が深く、北原白秋を訪問したり、中学時代には詩作を始めていました。府立第三中学（現在の両国高校）に進み、東大の建築学科に学びます。在学中に3度、東京駅を建築した辰野金吾の名を冠した辰野賞を受賞。建築の才能においても秀でていました。

1937年に大学を卒業し、建築事務所に勤めながら、詩を『文藝』などに投稿して掲載され、さきほど紹介した第1詩集『萱草に寄す』を発刊します。

1938年12月、旅行先の長崎で発熱・喀血し、帰京して療養。翌年、中原中也賞を受賞しますが、3月に24歳の若さで夭逝します。

建築はもとより物語、パステル画、スケッチ、俳句などでも才能を発揮し、多くの作品を残した立原でしたが、詩は彼にとって特別なものであったと思います。

「はじめてのものに」の〈はじめての〉とは、ある女性、ひとを思うということ、その心、恋の物語と多義的に使われています。そして同時に、失恋をも含んでいました。いや、失恋こそが立原の詩の始まりだったかもしれません。浅間山から降る灰のように消えた恋と彼女の不在を、立原道造はこののちも詩に書き綴ります。

のちのおもひに

夢はいつもかへつて行つた　山の麓のさびしい村に
水引草に風が立ち
草ひばりのうたひやまない

しづまりかへつた午さがりの林道を
うららかに青い空には陽がてり　火山は眠つてゐた
――そして私は
見て来たものを　島々を　波を　岬を　日光月光を
だれもきいてゐないと知りながら　語りつづけた……

夢は　そのさきには　もうゆかない
なにもかも　忘れ果てようとおもひ
忘れつくしたことさへ　忘れてしまつたときには

夢は　真冬の追憶のうちに凍るであらう
そして　それは戸をあけて　寂寥のなかに
星くづにてらされた道を過ぎ去るであらう

――『立原道造詩集』現代詩文庫1025所収

「のちのおもひに」というタイトルは、

逢ひ見ての　のちの心に　くらぶれば
昔はものを　思はざりけり

——権中納言敦忠（43番）『拾遺集』恋二・710

という歌を元にしています。

あす知れぬ自分の病状と、生のはかなさを思いながら、この詩でも立原は不在の恋人に対して、自らの気持ちを伝えようとしているようです。

つまり立原の詩の大きな特徴は、そこにいない者へ向かって、そこにないもの、到底到達できないものを歌ったことにあります。その未達成な気持ち、未完の場所にあることの悲しさを、立原は感情を込めて歌い、自らも24歳というどこにも到達していない若さでこの世を去ったのでした。あたかも自らの詩と符合するかのような、清純で聡明な詩人としての生涯を終えたのです。

下町育ちの系譜

さて、『立原道造詩集』（現代詩文庫）の解説において、中村真一郎は立原の出自がそれまでの作家や詩人と比べて異色であることを取り上げ、立原という詩人の存在を日本の文学的系譜の中で読み解こうとしています。興味深い論考でしたので、ここに紹介します。

中村は、芥川龍之介、堀辰雄、立原道造をひとつの系譜として捉えたのですが、それは彼らがそれまでの武家官僚階級、つまり今で言うホワイトカラーであり年金生活が許され、既得権者でもある支配階級出身の作家と違う出自であるとしました。これは大変鋭い指摘です。このことは、前に紹介した吉本隆明にも言えることなのです。

武家官僚階級や地方の富豪の家柄で、生活に窮せず、自由気ままな青年期を謳歌し、その自由の中で文学に傾倒してゆく、あるいは耽溺するというのが、明治期の作家の特徴のひとつだったとするならば、芥川も堀も立原も、下町の、さほど裕福とは言えない生活のもとで育ちました。そして、それぞれ本所江東小学校、向島牛島小学校、日本橋久松小学校へ通学していました。そして3人とも府立三中（両国高校）に入学するのです。下町から作家が出てくるのは、大正から昭和にかけての時代の特徴でもありました。

立原の生家は、東京日本橋で、収納用の木箱製造を営んでいました。武家官僚階級の子息が麻布や麹町といった名門私立高校に通ったのに対し、府立（今の都立）高校に通い、町工場、商家など市井の生活人の子息の中で揉まれながら、自分の特質というものを見つけていきました。製造と販売を行う問屋を構える実家は、俗世間の商家という環境であり、立原はその家で、俗世間から隠れるように2階や屋根裏部屋に引き籠もり、ひっそりと好きなことに没頭して暮らします。共に秀才であり、理科系的な気質のあった立原や芥川ですが、次第にふたりとも文学に傾倒してゆきます。

その気持ちは、下町、というより場末と呼ぶにふさわしい東京大田区の工場街に生まれた私にもよくわかります。天才的な詩人である伊藤比呂美さんもまた東京の場末に生まれたのですが、伊藤さんは私に会うと、「工場の子として生まれたこと、よかったと思うでしょ」と念を押してくるのです。私も、年を経るごとにその気持ちを強くしているところです。

芥川も堀も、長男でありながら家督を継がずに家出をしますが、立原は弟に家督を譲ります。そして文学的漂泊の旅に出るのです。

漂泊の旅、20歳そこそこの青年が家を出て漂泊するというのは滅多にないことです。

逆に、その歳だからできたことでもあり、それは立原がよく詩に綴った夢のような時間だったかもしれません。そして、そのときに出会ったのが、先のふたつの詩に登場する女性です。ただし、これらの詩の女性はひとりではなく、3人の女性の融合的仮構のイメージだとの説が有力なようです。しかし、その原型となる女性は確かにいました。それは、立原が純粋な中学生の時代に出会った女性でした。立原は、彼女との出会いと別れのあとにも、彼女のことを忘れえなかったようです。そして、彼女に対し、詩の中で語り続けたのでした。

立原が20歳そこそこで書いた詩は、そのみずみずしさ、純粋さ、素直さ、柔らかさ、きらめき、はかなさを一瞬で凍結したような、青春の一時期にしか書けない詩として、後世に残りました。立原は、その青年的な特質の背後に、意識的な技巧をしのばせていたのです。それを王朝文化的気風だと中村真一郎は指摘します。

立原や芥川にとって王朝文学は、下町の町民文化から脱却するための足がかりであり、彼らが抱いた、町民にはない、はかなさというものへの憧憬に繋がっていたのかもしれません。

本歌取りという手法で、歌の世界に奥行きを作り出した『新古今和歌集』の藤原定家に倣って、立原もまたわかりやすい言葉を連ね、ストレートに抒情を歌うように見せながら、文学的素養を駆使するという繊細で奥行きの深い作品を作り上げていきました。

立原が新古今を意識したように、芥川もまた『今昔物語』を舞台にした物語を描いています。

立原には生きていく上での、彼なりの不安と苦渋があったかもしれません。立原の世界はまだ小さく、病気を抱えた彼が生きえたのは、浮世に対する彼岸のような信州の山での暮らしがあったからです。そこで、不在の女性を歌う立原の心境は、どこかはかなく、寂寞とした悲しさが漂います。

私は立原の詩に、詩というもののひとつの原型を感じます。

立原が、萩原朔太郎、三好達治、丸山薫、神保光太郎との座談において、詩作について語った印象的な言葉を今も覚えています。

今迄の詩がどうしても歌つてゐるといふよりも描いてゐるやうに思ひます。感情で歌ふのでなく、感情を歌つてゐるやうに思ひます。

――「現代詩の本質に就て」より抜粋／『立原道造全集5 書簡・座談会・年譜』所収

たとえば、悲しさというものが詩人の中にあったとして、その悲しさをテーマにしたような作品を書いてはいけない。悲しさをテーマにすると、悲しさを歌おうとしてしまう。しかし、それでは、悲しさは読者には伝わらない。

そうではなく、「悲しい」という感情で、風景を、情景を描く。そうすれば、詩人の「悲しみ」が伝わるのだと言うのです。

これは、詩作における、また詩の作品自体におけるとても重要なポイントだと思います。たとえばゴーギャンは、明るい陽光が溢れるタヒチのふくよかな女性たちの浅黒い肌と色彩豊かな衣服、黒い髪の肢体をキャンバスに描きました。彼女たちを、ゴーギャンは悲しみの心で描いたのでした。すると絵の中の彼女たちの一見明るい情景の背後に、ゴーギャンの悲しみ、その心情がダブルイメージのように浮かび上がってくる。

それは詩においても同じです。感情は描写するものではないというのが、立原の詩作の柱だったのだと思います。

立原の詩が、硬質な抒情と呼ばれる所以《ゆえん》です。

立原の詩を読み、「あ、詩ってこんなものか」と誤解して似た詩を書く者は多かったのですが、残念ながら二人目の立原は現れませんでした。

この章の冒頭で紹介した吉本隆明は、立原道造が、中村真一郎が指摘したように、武家官僚出身ではなく、職人の息子として文芸の世界を志したことを直感的に感じ取っていたのかもしれません。

立原は、見ているものをただ正確に描写しているだけのような風景の中に、悲しさを閉じ込めることのできた稀有な詩人でした。

第16章　批評的な言葉たち

言葉の重層性をめぐって

叙事詩のない国

近代以降だけを見ても、抒情詩の豊かな歴史を持つ日本ですが、欧米のような叙事詩という文芸ジャンルをほとんど持たないのはなぜなのか。ひとりの叙事詩人も生み出せない理由はどこにあるのか。

たとえばアメリカでは、2021年バイデン大統領の就任式で、黒人の女性詩人がアメリカ建国の理想とその歴史を「We（私たち）」という主語で語るという歴史的出来事がありました。おそらく、叙事詩の伝統を持たない日本では、同じように国の歴史や俯瞰的に見た社会のありようを公的な場で吟遊詩人のように朗々と語るということはほとんどないでしょう。もし、あったとしても、その詩は、ことさらに日本を賛美したり、青春を謳歌したりするような、まさに小田嶋隆が言うポエムのようなものになってしまうのではないかと思います。

これは、詩人と社会というものの関係性の問題でもあり、さらに言えば、詩人の言葉がどれほど社会や歴史というものを真に見定めているのか、詩人のまなざしが透徹した確かさを持っているのかを理解する人々がいるかということでもあります。私たちは、花鳥風月を愛でる伝統はあっても、社会や歴史の歪みに楔を打ち込むような言葉の苗代を持っていないということなのでしょうか。

T・S・エリオット「荒地」の世界

詩が社会の深層を掘り返し、見えなかった歴史の真実を白日の下に晒すなんて言えば、何と大げさなと思われるかもしれません。しかし、詩が社会に流通している言葉の嘘を暴き出し、社会全体に大きなインパクトを与えることは確かにあるのです。

そのことを、第一次、第二次世界大戦の戦間期にイギリス人のT・S・エリオットが書いた「荒地」（出典原書は1922年発刊）という詩は教えてくれました。

冒頭を読んでみましょう。

四月はこの上なく残酷な月、
死の大地からライラックを育て上げ、
追憶と欲望をかき混ぜ、春の雨で
生気のない根を奮い立たせる。

冬は我々を暖かく包み、
忘却の雪で大地を覆い、乾からびた球根
で小さないのちを養ってくれた。

――「荒地」より抜粋／『荒地・ゲロンチョン』所収

ここから続くのは、第一次世界大戦後、南ドイツ、ロンドン、ヨーロッパの各地と空想の都市で起こった大きな出来事や個人的な小さな出来事。そこには、かつてのギリシャ神話や聖杯伝説の話型が潜んでいたり、現実のパロディであったりと、次から次へとシーンは変わり、目まぐるしく場面転換してゆきます。その揺らめくような時空間の中に浸っていると、私たちは不思議な迷路に立ち入ってしまったときのような感覚に陥ります。そして、この感覚そのものが、第一次世界大戦のあとのヨーロッパの空気であり、何より、荒地となったその世界を浮かび上がらせているものなのです。現実に見えることではなく、時代がどのように荒れたのか、何を失ったのか。失って見えないが確かに存在していたものの亡霊があちらこちらでささやき始めているのが聞こえてくるようです。

この「荒地」という作品は、ダンテの『神曲』や欧州に古くから伝わる聖杯伝説、フレイジャーの『金枝篇』、ワーグナーの作品など戦前のヨーロッパの芸術や思想や神話の話型を背景にして構成されており、ひとつひとつの語句の裏に暗喩や繊細なイメージが喚起される仕組みになっています。「人類と歴史」に関する辞書を引きながら読まずには、重層的に書かれた詩の本当の内容はなかなか摑むことのできない難解なものです。その難解な言葉を注意深く追っているうちに浮かび上がってくるのは、大戦後のヨーロッパを覆っていた「世界の死とその再生」のイメージです。

そして、「荒地」という詩は、世界中の多くの詩人、小説家、芸術家に実に大きな影響を与えました。

丁度同じ年に発刊されたジェイムス・ジョイスの『ユリシーズ』とともに、世界的なモダニズムの潮流を作り出したのです。私たちは、もう言葉や絵画や音楽の有効性を、かつてのように信じることはできない。そうした空気を破るようにして現れ出てきたのが、絵画におけるパブロ・ピカソやジョルジュ・ブラックらのキュビスムや、ダリやキリコのシュールレアリスムの作品群であり、建築ではル・コルビュジエといったモダニズム芸術家の仕事でした。

１９１４年に始まり、１９１８年に終結した第一次世界大戦は、１６００万人という史上最悪の戦死傷者を抱え、ＰＴＳＤ（心的外傷後ストレス障害）になった者や家族を戦争で失った者も含めると、戦争による犠牲は計り知れない大きなものになりました。目の前に傷を負う人々が絶望の淵をさまよっている社会において、エリオットは、それまで社会に流通してきた言語は、信頼するに足るものなのか、これからも、その意味で使ってよいのか、言葉の本来の意味とは別の意味が付与されてしまっているのではないかと疑っていたのかもしれません。これを日本にたとえるならば、たとえば東日本大震災のあとによく言われた「絆」「取り戻す」という言葉は、何か大切なことを覆い隠す嘘くさい言葉でしかなくなってしまっているように思えるのです。「絆」とは、本来家畜を繋ぎとめるためのものであり、しがらみ、呪縛、束縛の意味を持った言葉でした。あたかもマネーロンダリングのように、現実の恥部を洗い直して化粧をほどこしたような言葉として復活してきたのでした。

エリオットは、こうした時代が粉飾してきた言葉の意味を剝ぎ取ることで彼が生きている時代の本当の姿を浮かび上がらせようとしたのです。

叙事詩の力

２０２１年3月、私は10年間教鞭をとってきた立教大学大学院を退職しました。その最終講義で、私は、アメリカ大統領就任式で若い詩人が朗読した詩についての話をしました。私が受け持った学科は、ビジネスデザイン科の大学院であり、およそ文学の対極に位置しているテーマを扱っているところでした。私は27歳から30年ほど、ビジネス畑で仕事をしてきました。その間、ずっとビジネス界隈で流布する言葉遣いに違和感を持ち続けていました。だからこそ、私は、ビジネスの中に流通している言葉について、学生とともに考えてみたかったのです。それはビジネスの言葉の対極にある文芸の言葉について考えることであり、同時に私たちが生きているこの社会の現実について考えることでした。

詩人という存在が、私たちの社会の表面、表舞台から遠ざかり、ひたすら個人の内面の中に逼塞しているように見えることがあります。しかしこれは、詩人よりも、私たちの社会が詩というものから遠ざかっているのだと私には思えたのです。

社会で使われている言葉が、詩の言葉とあまりにかけ離れ、即物的なものになり、嘘に塗られている。嘘くささが匂う功利的かつ他責的な言葉が社会に溢れるようになってしまっている。

たとえば、政治の言葉。赤裸々な嘘を恥ずかしげもなく真実だと流すフェイクニュースにとどまらず、政治家がまるで本意ではない「正しい」言葉を軽々しく口にする。私はこの事態を、言葉が蹂躙されていると考えました。

海の向こうのアメリカ合衆国でも（全世界でそうした空気は蔓延しています）、同じ状況が続きました。移民の国であるアメリカという国において、人種や出自で人々を分断するフェイクニュースを、大統領が平気でツイッターにたれ流した4年間がようやく終息しました。新しい大統領は就任式の日、弱冠22歳の黒人の詩人に、一篇の詩を朗読してほしいと依頼しました。

シングルマザーの家庭で育てられた少女の詩は、アメリカ合衆国という国がどのように建国され、この国の人々が生きるためにその出自や民族の違いをいかに乗り越えてきたのか、その歴史を叙事詩として歌ったものでした。「我らが登る丘（The Hill We Climb）」とタイトルがついていますが、注目すべきは主語がＩではなくWe、一人称複数形であることです。アメリカという国は、単一民族ではなく、いくつもの民族が、さまざまな歴史的過程においてアメリカという広大な国に住み着き、激しい暴力と闘い、理念を勝ち得ながら個人の暮らしと社会を作り上げてきた国です。その移民国家である国が、人種による分断を再び繰り返してはならない。我々（We）は、また分断を乗り越えて、丘の上に立とうという意味の詩でした。アメリカという国家の建国の理念がこの詩の中に横溢しています。この詩は、就任式に立ち会った人々の心を揺さぶりました。そして、詩という形の言葉の持つ力が、再び多くの人々に確認される出来事となりました。

この詩の作者であるアマンダ・ゴーマンさんの詩は叙事詩です。ヨーロッパでは、ギリシャ人ホメロスが書いた2大叙事詩『イリアス』や『オデュッセイア』の伝統の下に叙事詩が描かれてきた歴史があります。第一次世界大戦後、T・S・エリオットが書いた『荒地』もまた、古代叙事詩という下絵の上に、戦間期のヨーロッパの荒廃を描き出しています。日本においては『平家物語』のような語りはありますが、叙事詩の伝統があるとは言い難いところがあります。我が国の文芸の伝統の中で、豊かな言葉を脈々と紡いできたのは、抒情詩なのです。叙事詩は、抒情詩のような情感の共有というよりも、ひとつの時代に対する認識の共有、国家や社会に対する幻想の共有という目的を持つと言えるでしょう。

叙事詩の歴史のあるアメリカでは詩人が大統領就任式で言葉の力を人々に知らしめ、国家、共同体、人権、理念というものの重要性を強調し、多くの人々がそのことを共有しました。それは同時に、アメリカという国家が、経済格差や人種によって分断され、もはや建国の理念が失われてしまったことに対する抵抗であり、歴史の意味を再定義する試みでした。

アメリカが罹っていた病は、日本にも伝染しています。貧富格差は拡大する一方であり、ヘイトスピーチは街頭に溢れ、急速に言葉が軽くなり、もはや真実か嘘かもわからない、嘘であるか真実であるかは重要なことではなくなっているかのような状況があります。詩と真実は、対で語られることが多いのですが、その意味では、この社会、この時代は、「真実のない時代」「詩のない時代」と言うべきものになっています。

嘘が大手を振って歩き回り、謂《いわ》れのないヘイトの言葉がSNS上に溢れかえっています。差別することで利益を得ようとする、あるいは差別することで自分や自分の属するコミュニティの一体感を感じるというさもしさは、誰もが多少なりとも内面化していると言えるかもしれません。ヘイトの言葉は、デマによって、嘘を重ねることで増殖してゆきます。そして、そこでは言葉がそのまま暴力になるのです。

私たちは、言葉に対してもっと警戒的であるべきなのです。言葉はひとつの意味しか持たないわけではありません。実はひどく多義的で、だからこそ私たちは言葉に注意深くあるべきなのです。

反語と含意

ルイ・アームストロングが歌った「What a Wonderful World」という、誰もが聞いたことのある曲があります。

緑の木々と赤いバラ、青い空に浮かぶ白い雲、虹がかかり、真っ暗な夜が訪れる。人々は握手し、互いを思い合う。赤ん坊が泣く。彼らはいつか多くのことを知るだろう。なんとこの世界は素晴らしいんだろう……（意訳）と、スローテンポな明るいメロディにシンプルな言葉で人々の日常と平和を歌い上げるこの曲をルイ・アームストロングが発表したのは、1967年でした。

第二次世界大戦が終結した後も、世界において戦争は終わりませんでした。朝鮮戦争をはじめとし、大戦による傷が国家を分断し、東西冷戦構造の中でアメリカとソ連という超大国の陣営での代理戦争が始まりました。アメリカはケネディ大統領政権下、ベトナムへの派兵を強化。一般農村への非人道的爆弾投下を開始します。次第に泥沼化するベトナム戦争に対し、公民権運動を率いていたキング牧師が反戦行動を開始したのが1967年でした。運動は急速に全米に広がります。同年ニューヨーク、ワシントンDCで反戦行進が行われます。ルイ・アームストロングが人々の平和な光景と未来を歌った「What a Wonderful World」において、「なんて世界は素晴らしいんだろう」と確認するかのように繰り返すのはなぜか。そのとき、アメリカは、そうではない世界、真逆の地獄のような世界を海の向こうで生きている人々を約50万人以上抱えていました。今ここで見える平和はかりそめの平和である。本当は、「なんと悲しい世界なのだろう」とアームストロングは戦争に反対し、戦争を告発しているのです。こうした反語、言葉の中に隠れている意味を英語ではコノテーション（含意）と言い、表記上の意味であるディノテーションと区別しています。コノテーションによる表現は、言葉を悲しいままに悲しいと書かないで、悲しみを隠し、笑みによってさらに悲しさの大きさを気づかせる表現です。異化効果と言ってもよいかもしれません。つまり、含意は言葉の裏から立ち上り、私たちの目の前ににじり寄る。そして、より強い悲しみを知らせるのです。

私は今の時代もまた、残念ながら反語的にWhat a wonderful worldと呼ぶしかないような様相を呈していると感じています。

荒地からの出発

戦前・戦中、人々は、マスコミのプロパガンダに乗せられたと言われますが、私は自分たち自身もまたそうした言葉とともに、戦争に向かい、加担していったことを忘れてはならないと思います。たとえば市井に生きている人々の口から「鬼畜米英」「忠君愛国」「天皇陛下万歳」という言葉が吐き出される。国民も詩人もまた、そうした言葉を自覚的に前向きに選び取っていたのだと思います。

しかし、戦争が終わった瞬間、「これからは民主主義だ」となって、昨日発していた言葉と真逆の言葉を知識人も一般の人々も平気で使うようになった。生きるために、人々はたやすく転向していきます。当たり前のことのように。しかし、戦地に赴いた友人の死を内面化しながら生きてきた人々は、易々と転向して民主主義を謳歌することなどできません。彼らは、喜びの詩を歌わない。風雅を歌わない。そういうことを自らに厳しく禁ずる。

彼らは、言葉に対して極度に懐疑的かつペシミスティックに対峙する詩人たちの一派となりました。その「荒地派」と呼ばれる一派は、さきほど紹介したT・S・エリオットの「荒地」から名を取り、焼け野原になった日本という荒地に、言葉という種子を蒔いていくことを自らの使命のように感じていました。

中心的人物だった鮎川信夫は「死んだ男」という詩を書きました。

たとえば霧や
あらゆる階段の跫音のなかから、
遺言執行人が、ぼんやりと姿を現す。
――これがすべての始まりである。

遠い昨日……
ぼくらは暗い酒場の椅子のうえで、
ゆがんだ顔をもてあましたり
手紙の封筒を裏返すようなことがあった。
「実際は、影も、形もない?」
――死にそこなってみれば、たしかにそのとおりであった

Mよ、昨日のひややかな青空が
剃刀の刃にいつまでも残っているね。
だがぼくは、何時何処で
きみを見失ったのか忘れてしまったよ。
短かかった黄金時代
活字の置き換えや神様ごっこ——
「それが、ぼくたちの古い処方箋だった」と呟いて……

いつも季節は秋だった、昨日も今日も、
「淋しさの中に落葉がふる」
その声は人影へ、そして街へ、
黒い鉛の道を歩みつづけてきたのだった。

埋葬の日は、言葉もなく
立会う者もなかった、
憤激も、悲哀も、不平の柔弱な椅子もなかった。
空にむかって眼をあげ
きみはただ重たい靴のなかに足をつっこんで静かに横わったのだ。

「さよなら、太陽も海も信ずるに足りない」
Mよ、地下に眠るMよ、
きみの胸の傷口は今でもまだ痛むか。

――鮎川信夫「死んだ男」／『鮎川信夫詩集』現代詩文庫9所収

死んだ男Mとは、鮎川信夫の友人森川義信のことです。森川は南方戦線に就き、戦死します。一方の鮎川は、生き残った。俺は死に損ねたと鮎川は思います。死に損ねが生きていくためにできることは何なのか。おそらく鮎川信夫の戦後の出発にあった気持ちはそうしたものだっただろうと思います。そして、鮎川信夫は死んだMの遺言執行人として生きてゆくことを決意します。森川がどんな遺言を遺したのか、また残さなかったのかはわかりませんが、森川が死に、鮎川が生き残ったという事実こそが、鮎川に託された遺言だったというふうに考えたのです。つまり、鮎川は本来自分には責任のないはずの、森川の死の責任を、自ら負っていこうと考えます。

自分がどのような言葉を使い、思想を持ち、いかに生きていくか。その所業を森川は見ているはずだ。自分のこれからの人生は、森川の遺言執行人として生きることではないのか。そうした緊張感を強く抱きながら、鮎川は詩を発表していきます。自分を疑い、不確かな嘘くさい言葉を切り捨て、足場を確認していく。それだけが、自分のできることだと、鮎川信夫は信じたのです。

三好達治や中原中也や堀辰雄といった抒情を歌う詩人たちとは違う言葉で、鮎川たちは詩を書きました。言葉を感情の表現から最も遠いところに位置づけて、抒情に流されない硬質な言葉で、本当のことを書いていこうとしたのです。

労働運動と強制収容所

やがて日本は高度経済成長の時代を迎えます。

経済が復興するとともに社会は階級化します。富裕層と労働者階級の対立が勃発し、労働運動が盛んになります。そうした運動の中で、谷川雁という卓越した詩人は、「サークル村」という詩人たちの一派の中心人物として、戦後すぐに活動を開始します。こうした運動を始めた労働者の多くは九州の炭鉱労働者で、作家の石牟礼道子《いしむれみちこ》もこの人々の中で言葉を紡ぎ始めます。

谷川は、「私の中の『瞬間の王』は死んだ」と言い、1960年には詩作を断絶すると宣言します。その後は労働運動の中心的存在となりますが、谷川の言葉は人々を強く惹きつけました。彼が詠む難解な象徴詩は、言葉は詩において技巧的に「構築」されるものであり、「形作る」ことで、人々に多重なイメージや思想、世界との相関を人々の心に刻むものでもあることを示しました。

谷川と関わった吉本隆明は、反対に詩の言葉を、飾りのない直接性の表現として確立しようとしていきました。

同時期には、谷川俊太郎のような生粋の詩人も孤独の中で詩の言葉を紡いでいました。戦後、現れた荒地派をはじめとして詩人たちは、言葉に対して用心深く対峙し、懐疑を重ねました。それは、言葉がすぐに虚実化することを、戦争という経験を介して内面化したからと言えるでしょう。

しかし、また、こうも言えるのではないでしょうか。

言葉はすでに破壊されている。

私たちは、言葉が破壊されたその世界に生きている。

ならば、私たちは言葉を取り戻す必要があるだろう。

その試みは、この世界を生きる希望ともなるのではないか。

個人が、この世界とどのように関わっていくのか、感情や感性というものをいかに言語にしていくのか、その道のりが、その過程こそが詩であると言えます。

石原吉郎は、スターリン・ラーゲリ（強制収容所）での過酷を極める非人間的な生活を生きたひとですが、彼は常に自分に問い続けます。

言葉とは何か。思想とは、自分とは、人間とは。

収容所での生は、言葉に対する信用も人間に対する信用も無惨に剥落していく時間でした。帰国しても、石原は親類縁者から忌避され、関係を断絶されます。居場所を失う石原は、絶対的な悲しみと苦しみを、自分が幾度も裏切られてきた言葉という手立てにより、自らを浮上させる術を探ります。そして、コミュニケーションのツールという場所から最も遠いところに、言葉の位置を定め、一種沈黙の語法とでも言いたいような表現を結実させていきました。

そこにあるものは
そこにそうして
あるものだ
見ろ
手がある
足がある
うすらわらいさえしている
見たものは
見たといえ

——石原吉郎「事実」より冒頭部分／『石原吉郎詩集』現代詩文庫26所収

多くの優れた詩人たちが、それぞれのやり方で、詩の中に鋭い批評性を塗り込めてきたのは事実です。そして、それらは時代を超えて読者の心を捉えてきました。しかし、欧米の叙事詩人たちのように、歴史という大きな図柄を塗り替える作業に就く者はありませんでした。

それはどうしてなのか。

私はその答えを持ち合わせていません。しかし、そのことは、日本における詩歌の伝統を考える上で大変重要なことであることだけはわかります。詩は、日本語という言葉の限界と可能性の境界のような場所で、日々生み出され、破棄され、再生されています。「言葉の可能性と限界」のような場所で語られる言葉とは、どのようなものになるのか。冒頭で書きましたが、小田嶋隆が言った「日本語の致命的なところの、喉首を押さえているような文芸」とは、まさにそのことを指しているように思えるのです。

あとがきにかえて

最後までお読みいただきありがとうございます。

本書は、「夜間飛行」というメルマガサイトで語った「詩人と社会」というシリーズを元に、書き起こしたものです。シリーズ名のとおり、詩人と社会との関わりについて、語ったものでしたが、本書では、ひとはなぜ、詩を書くのか、ひとが詩人になる理由はどこにあるのかというところまでテーマを拡げて詩人論の形にまとめてみました。かなり、思い込みの強い文体になっていますが、当初の語りの文体がそのまま反映されているのかもしれません。

もうひとつ、この作品には重要なテーマがありました。本書の冒頭で触れていますが、無二の友人である小田嶋隆が最後に残した「詩というのは日本語の致命的なところの、喉首を押さえているような文芸」だという謎のような言葉についての答えを探してみたかったのです。その謎をうまく解くことができたかどうかは、読者による判断にお任せするほかはありません。

さて、「関白宣言」という歌を記憶されている方は多いと思います。さだまさしというシンガーソングライターが作った歌ですが、あの歌詞を詩だとすると、私はとても気持ちの悪いものを感じます。時代にあえてささやかに反抗するように、亭主関白然としてふるまうと宣言しながら、実はやさしさや思いやりが隠されているということをユーモアを含めて書いたような詞です。何が気持ち悪いのかというと、そこに見えるのは、さだまさしという人物が、ご自身の前近代的な価値観を自己弁護し、開き直りをしている姿です。ちょっと、これ、ずるいんじゃないかと思ったのです。

鬼のようなトレーナーが、ふとしたときにやさしさを見せると、それまで苦しんでいた選手がほろりとして、感謝の気持ちが湧き上がってくるなんてことありますよね。

あるいは、拘置所で取り調べをしているときに、鬼のような刑事の追及でも口を割らない容疑者の前に、人情派の刑事が出てきて、カツ丼をすすめてくれて「今頃お前の故郷では、雪が積もっているんだろうな。ご両親は元気でやっているのか」なんていう言葉をかけてくれる。容疑者はその言葉に泣き崩れ、自供を始める。

「関白宣言」という歌謡曲の詞には、何かそんなあざとさを感じてしまいます。

私はかつて、自著の中で、詩とは何か、何が詩を詩たらしめるのかということを、吉本隆明の言葉を引用しながら解説したことがありました。

吉本は、鈴木志郎康の「便所の窓の隙間から」と阿久悠の「五番街のマリー」という似たような名の女性が登場する作品を引き比べて、こんなことを言ったのです。講演の語りなので、区切りがつかないため、前後を括弧で書き加えて引用します。

（鈴木さんの詩は）いわば高度に知的な過程から非知的な過程へ下ろうとする、あるいは、それを把んでいこうとする意識があるのです。ところが阿久悠という人の詩の中にはそういうものがありません。それは一種の流行歌あるいは俗歌謡というものの意識が知的に上昇していこうという過程の中で（描かれている）

——『知の岸辺へ 吉本隆明講演集』所収

これは本当に凄い指摘です。阿久悠は職業作詞家として研ぎ澄まされたストックフレーズを駆使した作品を書きましたが、鈴木志郎康は、知的な上昇過程とは全く別のところで、ささやかだけれど大切な、ありふれているけれど重要なものの存在に触れてしまう体験を書いたのです。詩との出会いはいつも、新たな体験だと言っても良いかもしれません。

体験という言葉を使って表現について触れると、ではそれはフィクションなのか、ノンフィクションになるのかということが気になるかもしれません。

でも、どうなのでしょう。事実の報告に忠実であり、それが人々に伝える力となるドキュメンタリーも、書くひと、撮るひと、編集するひとが中に立つことですでに事実を切り取っている。だとすると、ノンフィクションなど成立しないのかというと、そういうことではないと思います。

詩や表現が独自の世界を作り出し、ひとの胸を打つか、心に響くかどうかは、事実と虚構の割合ではなく、過去や現在の事実を詩作においてどれほど新しい体験として体験しているか、つまりそれを生きているのか、その生き方がそのひとの詩となるのだと思います。

別の言い方をすれば、書かれたことがフィクション（＝詩）なのではなく、書いた気持ちがフィクション（＝詩）なのです。

これを私は、「詩心」と言っています。

ひとは誰でも、人生で一度は詩人になると聞いたことがあります。子どもが生まれ、その名前を考えるとき、あるいはゴッドファーザーとして孫の名前を考えるとき、ひとは言葉に真剣に向き合うことになります。何か気の利いた言い回しを考えたり、誰かに褒めてもらいたくて言葉を探したりするのではなく、今まさに人生が始まろうとしている子どもを名付ける。そこには衒《てら》いも気取りもない。ただ、健やかで幸福な人生を送ってもらいたいという願いだけがあります。何だか、ちょっと感動しませんか。今まさに生まれ出ようとしているものを名付けるということこそ、詩のひとつの本質ではないのかと思います。

本書の執筆と並行して、私は小説を書き始めました。『マル』（仮題）と名付けた小説で、自分が生まれて育った東京下町の風景や暮らしを通して、自分が生きてきた昭和とい

う時代を書き留めたものです。その中で、私はこんな自作の詩を置きました（最終的には
この詩は小説からは削除することになると思いますので、ここに掲載しておきます）。

言葉が降りて行く場所

十一月の下りローカル線の最終電車には
乗客は多くはなかった
五つ目までの駅で
大半の乗客は降りてしまう
六つ目の駅で
それまで談笑していた
酒に酔った数人の男女が
降りていくと
車内は急に静かになった

七つ目の駅は
無人駅で
誰も

降りる者がいなかった
ドアが開くと
寒風が車内に流れ込んできた

郊外電車は
畑の中にぽつりぽつりと
民家が見えるだけの景色の中を走っていく
ネオンサインも
商店街の明かりもなく
遠方には
低い山影が連なっている

八つ目の駅で
ドアの脇で抱き合うようにしていたカップルの
女だけが
降りていった
俺は見ないようにしていたが
女は泣いているような感じだった

列車がホームから離れる時
女は何か言葉を残そうとしたが
（言ってやれよ、このろくでなしと）
男はくるりと背を返し
空いている座席に目をやった

九つ目の駅で
カップルの片割れの男と
重たそうな荷を背負った老婆が降りた
車内に残っているのは
わたしと目の前の老人だけになった
シワだらけの顔の上に眼鏡が乗っている
老人の身体は小刻みに震えているように見えた

それまで
気にならなかった
電車の音が聞こえてきた
ガタンゴトンとリズムを刻んで

終点まで
二人を運んだ

翌朝
地方新聞を開くと
ひとりの老人が
電車の中で行き倒れになったという小さな記事があった
場所は
昨日の終着駅だ
その駅で老人は降りることはなかった

新聞の記事になるような事件じゃないだろうと
思ったのだが
思わぬ続きがあった
老人が握りしめていた手に不思議なメモが残されていたというのだ
地名か名前の走り書きのようだがよくわからなかったと
記事は締めくくられていた

人生の中で
誰もが一度だけ詩人になると
聞いたことがあった
生まれてくるこどもの名前を考えるときである
言葉を最初に届ける瞬間
ひとはだれも言葉を贈られて
この世の中に生まれてくる
老人は誰かのゴッドファーザーだったのかもしれない
本当のところはわからない
確かなことは
その駅で
老人は降りることはできなかったと言うこと
そして
老人の手に握られたしわくちゃの紙の上に
鉛筆で書かれた
名前らしき文字だけが
警察官と一緒にその駅を降りたことだけだった

詩や小説というものは、どんなに虚構を交えようとも、書く人間の体験や感情が流れ込み、形作られるものだと思います。

懐かしい、あるいは悲しい、そして美しい記憶にまつわる感情を抱いた自分。そういうふうに思っている自分を客観的に見ることで、小説も詩も言葉として生まれるように思います。

私は、若いひとにたくさん詩を書いてほしいと思います。

若い詩人に、自己承認欲求からではなく、自分の体験をストレートに、きらびやかな言葉で飾ることなく、意表をつくレトリックにとらわれることなく、詩を書いてほしいのです。

うまく書くとか、よく見せたいというようなことなど本当は必要ではない。その上で普通の言葉で詩を書いてほしい。自分の体験を伝えたいひとに自分の素直な言葉を投げてみる、すると、読んだひとは必ず何かを返してくれるはずです。伝わる詩であれば必ず。

それには、自ら伝えたい詩でなければならない。

認めてもらいたい詩ではなく、伝えたい詩。

そんな詩を読みたいし、自分でも書いていきたいものです。

最後になりましたが、本書執筆中辛抱強くお待ちいただいた、ミツイパブリッシングの中野葉子さんにお礼申し上げます。そして、貴重な資料を提供してくださったPippo

さん、本書の元になったメルマガ編集を手伝っていただいた中山求仁子さんに、改めてお礼申し上げたいと思います。

ありがとうございました。

2023年11月、季節外れの記録的な暑さが続く隣町珈琲にて

平川克美

参考文献

鮎川信夫『鮎川信夫詩集』現代詩文庫9／思潮社／1968年
石垣りん『石垣りん詩集』現代詩文庫46／思潮社／1971年
石垣りん『現代詩手帖特集版　石垣りん』思潮社／2005年
石垣りん『表札など　石垣りん詩集』童話屋／2000年
石垣りん『私の前にある鍋とお釜と燃える火と　石垣りん詩集』／童話屋／2000年
石垣りん『略歴　石垣りん詩集』童話屋／2001年
石原吉郎『石原吉郎詩集』現代詩文庫26／思潮社／1969年
伊東静雄『詩集　わがひとに与ふる哀歌』日本図書センター／2000年
伊藤比呂美『テリトリー論1』思潮社／1985年
伊藤比呂美『伊藤比呂美詩集』現代詩文庫94／思潮社／1988年
伊藤比呂美『続・伊藤比呂美詩集』現代詩文庫191／思潮社／2011年
井之川巨編『鋼鉄の火花は散らないか　江島寛・高島青鐘の詩と思想』社会評論社／1975年
茨木のり子『茨木のり子詩集』現代詩文庫20／思潮社／1969年
茨木のり子／(編集)大岡信・谷川俊太郎『現代の詩人7　茨木のり子』／中央公論社／1983年
茨木のり子『見えない配達夫　茨木のり子詩集』童話屋／2001年
茨木のり子『人名詩集　茨木のり子詩集』童話屋／2002年
茨木のり子『自分の感受性くらい』花神社／2005年

尾形亀之助『尾形亀之助詩集』現代詩文庫1005／思潮社／1975年
木島始編『列島詩人集』土曜美術社出版販売／1997年
北村太郎『北村太郎詩集』現代詩文庫61／思潮社／1975年
北村太郎『おわりの雪　北村太郎詩集』思潮社／1977年
北村太郎『悪の花』思潮社／1981年
北村太郎『続・北村太郎詩集』現代詩文庫118／思潮社／1994年
北村太郎『港の人　付単行本未収録詩』港の人／2017年
黒田喜夫『黒田喜夫詩集　不安と遊撃』飯塚書店／1959年
黒田喜夫『黒田喜夫詩集』現代詩文庫7／思潮社／1968年
黒田三郎『詩集　ひとりの女に』昭森社／1954年
黒田三郎『黒田三郎詩集』現代詩文庫6／思潮社／1968年
黒田三郎『詩集　小さなユリと』復刻版／夏葉社／2015年
小池昌代『水の町から歩きだして』思潮社／1988年
小池昌代『永遠に来ないバス』思潮社／1997年
小池昌代『小池昌代詩集』現代詩文庫174／思潮社／2003年
島崎藤村自選『藤村詩抄』岩波文庫／1995年
清水昶『少年　清水昶詩集　1965〜1969』永井出版企画／1969年
清水昶『清水昶詩集』現代詩文庫54／思潮社／1973年
清水哲男『MY SONG BOOK　水の上衣』私家版／1970年
清水哲男『清水哲男詩集』現代詩文庫68／思潮社／1976年

清水哲男『野に、球。清水哲男詩集』紫陽社／1977年
関根弘編『「列島」詩と詩論』1953年3月号／知加書房
立原道造『立原道造詩集』現代詩文庫25／思潮社／1987年
立原道造『立原道造全集5 書簡・座談会・年譜』筑摩書房／2010年
谷川雁『谷川雁詩集』現代詩文庫2／思潮社／1968年
田村隆一『田村隆一詩集』現代詩文庫1／思潮社／1968年
鶴見俊輔『北米体験再考』岩波新書／1971年
鶴見俊輔『鶴見俊輔全詩集』編集グループSURE／2014年
鶴見俊輔『昭和を語る　鶴見俊輔座談』晶文社／2015年
鶴見俊輔／（聞き手）谷川俊太郎・正津勉『鶴見俊輔、詩を語る』作品社／2022年
寺山修司『空には本』的場書房／1958年
寺山修司『歌集　田園に死す』白玉書房／1965年
寺山修司『寺山修司詩集』現代詩文庫52／思潮社／1972年
寺山修司『われに五月を　寺山修司作品集』（新装版）思潮社／1993年
友部正人『空から神話の降る夜は』思潮社／1992年
友部正人『友部正人詩集』現代詩文庫182／思潮社／2006年
長谷川龍生『詩集　パウロウの鶴』ユリイカ／1957年
長谷川龍生『長谷川龍生詩集』現代詩文庫18／思潮社／1969年
平出隆編『日本の名随筆　別巻73　野球』作品社／1997年
堀田善衞『若き日の詩人たちの肖像』新潮社／1968年

穂村弘『シンジケート［新装版］』講談社／2021年
堀川正美『太平洋　詩集1950-1962』思潮社／1964年
道場親信『下丸子文化集団とその時代　一九五〇年代サークル文化運動の光芒』みすず書房／2016年
吉本隆明『吉本隆明全著作集1　定本詩集』勁草書房／1968年
吉本隆明『吉本隆明全著作集2　初期詩篇Ⅰ』勁草書房／1968年
吉本隆明『知の岸辺へ　吉本隆明講演集』弓立社／1979年
『現代詩手帖』1966年3月号／思潮社
『詩集下丸子』第1集、第2集、第3集／1951〜1952年
T・S・エリオット／福田陸太郎・森山泰夫（注・訳）『荒地・ゲロンチョン』（増補新装版）大修館書店／1982年
『Bon Courage vol.1 創刊号　地震の日から　2011春』私家版／2011年
『望星』2011年11月号／東海教育研究所

平川克美　ひらかわ・かつみ

１９５０年、東京・蒲田生まれ。文筆家、「隣町珈琲」店主。早稲田大学理工学部機械工学科卒業後、翻訳会社を設立。１９９９年にはシリコンバレーのBusiness Cafe Inc.の設立に参加。２０１４年、東京・荏原中延に喫茶店「隣町珈琲」をオープン。著書に『小商いのすすめ』『共有地をつくる』（ミシマ社）、『移行期的混乱』（ちくま文庫）、『俺に似たひと』（朝日文庫）、『言葉が鍛えられる場所』『見えないものとの対話』（大和書房）、『株式会社の世界史』（東洋経済新報社）他多数。

ひとが詩人になるとき

2024年1月25日　第1刷発行

著者　平川克美
ブックデザイン　鈴木成一デザイン室
装画　井上陽子
発行者　中野葉子
発行所　ミツイパブリッシング
〒078-8237 北海道旭川市豊岡7条4丁目4-8
トヨオカ7・4ビル 3F-1
電話 050-3566-8445
E-mail: hope@mitsui-creative.com
http://www.mitsui-publishing.com
印刷・製本　モリモト印刷

ISBN 978-4-907364-33-5
JASRAC 出 2309971-301